자유를 향한 자유의 시학

김승희론

지은이 이혜원(李惠媛, Lee Hye-won)은 1966년 강원도 양양에서 태어나 서울에서 성장했다. 고려대학교 국어교육과를 졸업하고 동대학원 국문학과에서 석사·박사 학위를 받았다. 1991년 『동아일보』 신춘문예로 등단하여 문학평론가로 활동하고 있으며, 2003년 제14회 김달진 문학상을 수상했다. 저서로 『현대시의 욕망과 이미지』(1998), 『세기말의 꿈과 문학』(1999), 『현대시 깊이 읽기』(2003), 『현대시와 비평의 풍경』(2003), 『적막의 모험』(2007), 『생명의 거미줄—현대시와 에코페미니즘』(2007) 등이 있다. 현재 고려대학교 미디어문예창작학과 교수로 재직 중이다.

자유를 향한 자유의 시학—김승희론

초판 인쇄 2012년 4월 10일 **초판 발행** 2012년 4월 15일
지은이 이혜원 **기획** 여성문학학회 **펴낸이** 박성모 **펴낸곳** 소명출판 **출판등록** 제13-522호
주소 서울시 서초구 서초동 1621-18 란빌딩 1층
전화 02-585-7840 **팩스** 02-585-7848 **전자우편** somyong@korea.com **홈페이지** www.somyong.co.kr

값 11,000원
ISBN 978-89-5626-694-7 94810
ISBN 978-89-5626-691-6 (세트)

ⓒ 2012, 이혜원

1992년 서강대학교 박사학위 수여식장에서 남편과 아이들, 어머니와 함께

1990년 소월시문학상 시상식장에서 강석경, 이사라 시인, 문정희 시인과 함께

1990년 문학평론가
이어령 선생과의 대담

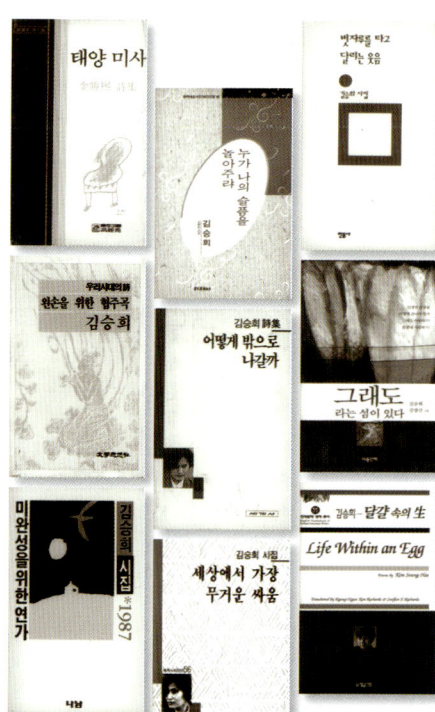

김승희 시인이 펴낸 시집들
(왼쪽 위부터)

『태양 미사』, 1979
『왼손을 위한 협주곡』, 1983
『미완성을 위한 연가』, 1987

『누가 나의 슬픔을 놀아주랴』, 1991
『어떻게 밖으로 나갈까』, 1991
『세상에서 가장 무거운 싸움』, 1995

『빗자루를 타고 달리는 웃음』, 2000
『그래도라는 섬이 있다』, 2007
『달걀 속의 생』, 2007

1976년 문학사상사 근무 시절

1993년 버클리대에서 만난 교수이자 소설가인 이스마엘 리드 부부

1994년 소설「산타페로 가는 사람」으로 동아일보 신춘문예 당선

1997년 버클리대에서 한국문학을 가르치던 시절, 버클리대 동아시아센터에서 열린 고은 시인의 시낭송회에서. 김승희, 고은 시인, 버클리대 정치학과 이홍영 교수

1985년 이해인 수녀의 『여성동아』 대상 수상식장. 구상 시인, 홍윤숙 시인과 나란히 선 김승희

| 여성작가연구총서_19_김승희론 |

자유를 향한 자유의 시학

The Poetry of Freedom for Freedom

이혜원

소명출판

봉인된 편지

　여성작가 연구의 문턱에서 그간 많은 연구자들은 꽤 오랫동안 망설여왔다. 그 이유를 연구자 개인의 겸손이나 수줍음으로 돌릴 수만은 없을 듯 보인다. 왜냐하면 우리는 이미 서술할 만한 가치가 있음직한 '유일한 역사'로 국가, 민족, 계급, 이념 등과 관련한 가치의 체계를 존중하는 데 익숙해 있으며, 이때 여성 혹은 여성성은 역사의 대표적인 표상이 되지 못하는 주변인에 불과하기 때문이다. 이는 사적인 삶을 통해 세계의 변화를 포착하는 문학의 경우에도 예외는 아니다. 여성은 역사의 주역 혹은 공적인 인물이 되지 못하기 때문에 연구자들에게 여성작가나 여성문학은 미지 혹은 기억조차 의심스러울 만큼 흐릿한 존재로 남아 있다. 공교롭게도 대부분의 선집이 대체로 학계의 권위 있는 학자들, 대부분 남성 교수들에 의해 편찬되고 있다는 점은 '정전(canon)'을 만드는 과정에서 젠더의 권력관계가 개입해 있는 것은 아닌지 의혹을 품게 한다. 왜냐하면 여성작가들의 작품은 냉엄하고 재능

있는 문학사가의 검시대에서 날렵한 해부의 대상이 된 적조차 없이 '기타 등등'으로 등록되어 버렸기 때문이다.

그러므로 야심 있는 연구자들에게 여성작가는 기피의 대상이 될 수밖에 없었다. 남성은 물론이고 여성연구자들 역시 자신을 학자로 정체화하는 학위논문 작성 과정에서부터 여성작가를 부재처리 하는(혹은 '왕따'시키는) 가부장적 학계의 풍토와 불가피하게 '공모'해 왔을 가능성이 높다. 여성작가를 연구한다는 것은 학계에서의 자신의 위치뿐 아니라 취업 등 여러 측면에서 지속적으로 불이익을 안겨줄 것이기 때문이다. 이렇듯 여러 가지 이유들로 여성작가는 연구 대상에서 가장 먼저 배제되는 불명예의 목록에 포함되고 만다. 이 모든 일이 특별히 예민하고 과도하게 까탈스러운 이의 피해의식이 아님은 박사학위논문의 목록만 살펴보아야 알 수 있다. 페미니즘의 시대라 불린 90년대 이후에도 여성작가 혹은 여성문학은 주요한 의제가 되지 못했다.

그런데 기실 여성작가 혹은 여성문학은 저주받고 금지된 어두운 장소가 아니라 근대성, 부르주아 사회, 개인의 발견, 사생활의 탄생, 시민사회, 친밀한 감정의 세계, 육체와 욕망, 일상성 등 근대의 멘탈리티를 깊이 있게 규명하기 위해 환한 빛 속에 개방되지 않으면 안 되는 이름이다. 여성작가들은 해방 이후 근대 국가 재건의 열망이 본격화되면서 마치 오래도록 갈증에 허덕인 사람들인 양 무수히 많은 기록들을 남겼다. 이는 해방과 한국전쟁을 거치면서 문단의 재건 과정에서 다양한 공모제도가 등장하고 이에 따라 여성작가들이 등단 기회를 얻었다는 사실과 관련된 현상으로만 단순 처리될 수 없다. 모더니티를 젠더와 관련해 읽는 일은 우리에게 그다지 익숙하기 않지만, 공사 영역이 분리되고 여성이 사생활 혁명을 주도할 전담자가 되면서 근대가 시작된다는 점을 떠올려 본다면 여성들은 모더니티의 진정한 주인공이라 할 만하다. 이러한 판단을 증명하듯 여성작가들은 새로운 혁명의 파도를 맞아 때로 그것에 적극 환호하면서 혹은 회의를 표명하면서 근대성의 새로운 역사를 쓰는 데 주도적인 역할을 해왔다. 그녀들은 비록 주류 문단에서는 그다지 환영받지 못했지만 신문과 잡지 등 근대적 공론장에서 활발한 창작활동으로 대중들과 소통하며 근대성을 협상해왔다. 그러므로 해방 이후부터 현재에 이르는 여성 작가들이 남긴 글들은 우리 역사의 의미심장한 경험에 대한 유의미한 증언 혹은 기록이라 할 수 있다.

본 총서는 오래 전부터 기획되었지만 진행은 다소 더디게 이루어져왔다. 무엇보다 여성작가와 관련된 기록을 찾는 일은 쉽지 않았다. 그녀들은 놀라우리만치 많은 글들을 썼지만 온전히 기록이 남아있는 경우는 드물었다. 심지어 작가 연보마저 불확실한 경우도 많았다. 우리가 확인해 본 결과 작가 연보에는 귀중한 작품들이 빠져 있었고, 연보에는 있지만 실제로 작품이 남아있지 않은 경우도 많았다. 여성작가의 글쓰기를 어떻게 보아야 하는가라는 관점을 결정하는 문제도 우리의 작업을 더디게 만들었다. 성별 권위주의 풍토 하에서 오래도록 공부하고 학위를 받아온 우리 자신에게조차 여성작가들의 글은 도전이었다. 우리들 역시 그녀들의 글쓰기를 '여류' 혹은 '규수'라는 성차별적 지칭으로 묶어 독창성이나 진정성이 부족한 것으로 치부해온 관행에 익숙해 있기 때문이다. 우리는 때로 너무 일찍 도착한 고독한 선각자 같고, 때로는 살아남기 위해 자신의 여성성을 적극적으로 연기하는 듯한 여성작가들의 진실이 무엇인지 알아차리기 쉽지 않았다. 아마도 우리의 연구서는 이 혼란을 완전하게 극복한 결과가 아니라 혼돈과 분열이 만들어 낸 수많은 물음들에 대한 최소한의 답변이라 할 수 있을 것이다.

'여성작가총서'의 첫 권이 세상에 나오기까지 무려 오 년의 시간이 걸렸다. 첫 번째로 우리는 여성작가총서의 기획 목적에 걸맞은 작가를 선정하는 일부터 시작해야 했다. 먼저 해방 전에 활동한 1세대 여성 작가에 대한 연구는 양적으로 어느 정도 축적되어 있는 데 비해 해방 이후부터 특히 5~60년대는 여성문학 연구의 불모지라는 점, 더 중요하게는 여성문학 연구에 방법론적 기원을 제공한다는 점에 주목해 해방 이후부터 1990년대에 이르기까지 한국 여성문학사의 계보를 보여줄 수 있는 30인을 선발했다. 누가 페미니스트 작가인가보다 동시대 여성들의 근대 체험을 문제적으로 다루었다고 판단되는 작가들을 중심으로 선정했다. 그런 후 여성작가들이 남긴 작품들을 길고 지루한 잠에서 깨워 줄 연구자들을 찾기 시작했다. 앞서도 말했듯이 해방 이후부터 60년대까지의 여성작가의 작품들은 거의 연구된 바 없어, 우여곡절 끝에 어렵사리 연구자를 섭외했다. 지금은 각자 사는 일이 바빠 중단되었지만 같이 공부하면서 연구해가자는 취지로 매달 한 번씩 연구발표회를 가져 연구의 완성도도 높이고자 했다. 첫 책이 나오기까지 편집위원들은 많은 수고를 아끼지 않았다. 이들은 서로의 원고를 읽고 논평해주는 것으로 같은 길을 걸어가는 사람으로서의 소임을 다했다. '여성작가연구총서'에는 여러 사람들의 정성과 열정이 듬뿍 배어있다.

때로는 외부의 장벽과 고투하면서 또 다른 한편으로는 소위 여성연구자라는 우리 자신의 정체성에 대해 성찰하면서 매달려온 '여성작가연구총서'를 이제야 세상에 내보낸다. 우리의 연구서와 함께 오래도록 갇혀있었던 말들이 튀어나와 싱싱한 언어의 잔치가 벌어지기 바란다. 독자 여러분께서 여성작가들의 존재를 세상에 드러내려는 우리들의 시도에 동참해주기 바란다.

한국여성문학학회 여성작가연구총서 편집위원회

책머리에

　시인론 쓰기는 한 시인의 모든 시, 전 생애와 만나게 되는 간단
치 않은 일이다. 더구나 책 한 권 분량의 시인론을 쓰기 위해서는
꽤 오랜 준비와 집필을 위한 숙성의 시간이 필요하다. 김승희론
을 쓰기로 정해진 후 햇수로는 벌써 여러 해가 지난 것 같다. 실
제 집필에 몰입했던 시간보다 자료를 모으고 읽고 구상하면서 오
랜 시간이 흘렀다. 그러면서 최근 몇 년간은 김승희 시인과 은연
중 함께 지내온 것 같기도 하다. 그 시간이 지루하거나 괴롭지 않
고 많은 자극과 발견의 기회가 되었으니 행운이 아닐 수 없다.
　내가 김승희론을 맡게 된 것은 그간 김승희 시인에 대해 길게
쓴 특별한 글이 없었기 때문이다. 되도록 선입견 없이 쓸 수 있는
시인이나 작가를 맡아서 쓰도록 하다 보니 이런 기회가 온 것이
다. 일단 김승희론을 맡고 나니 이후에는 시인과 관련되는 모든
일이 의미 있게 다가오기 시작했다. 김승희 선생님을 직접 본 것
은 학회에서 발표하시는 모습을 멀리서 바라본 정도이다. 문단

의 까마득한 대선배인데디 시에서 받았던 강렬한 인상 때문에 감히 범접하기 어려워서 인사조차 드리지 못하고 있었던 것이다. 그러다가 김승희론을 청탁 받고는 시인이 쓴 거의 모든 책을 사 모으기 시작했다. 절판이 된 책들은 인터넷 헌책방 사이트를 통해 사들였다. 전국 곳곳의 헌책방에서 누군가의 메모와 밑줄이 적혀있는 책들을 받아보며 낯선 시간과 공간들이 보이지 않는 끈으로 이어지는 듯한 느낌을 받았었다. 예전의, 그리고 지금, 김승희의 독자로서 주고받는 악수 같은 느낌. 시인의 많은 에세이들을 읽으며 경험의 온갖 갈피와 생각의 실핏줄까지 들여다보는 듯했다. 누군가 기억해주기를 원한다면 글을 쓰라고 하던가. 참으로 많은 생각들과 지나온 시간의 흔적들이 글이 써지던 바로 그 순간의 상태로 생생하게 보존되어 있었다. 시뿐 아니라 산문을 잘 쓰는 것으로도 유명한 김승희 시인의 글들은 시인론을 위한 전 이해를 도와주는 정도에서 그치지 않고 그 자체 풍부한 인생론이자 흥미로운 독서록이자 매혹적인 이야기로서 탐닉할 만한 것이었다. 어느 책의 어느 장을 들추어도 진지한 사색과 날카로운 지성의 빛이 번뜩이고 있었다.

시인의 글을 읽어가며 처음의 무지에 가깝던 상태에서 상당히 친밀감을 느끼기 시작할 무렵인 2009년, 미국 버클리로 떠나게 되었다. 연구년을 맞아 교환교수로 가려던 대학에서 연락이 온 것이다. 우연이지만 버클리 대학은 김승희 시인이 몇 년간 연구하고 강의하던 곳이기도 하다. 이 모든 것이 예사롭지 않은 인연으로 다가오기 시작했다. 짐을 최대한 줄이느라 책이라고는 김승희 시집 여덟 권만을 챙겼다. 에리히 아우어바흐의 『미메시스』가 참고 서적이 없는 열악한 환경 덕분에 독창성을 확보할 수 있었다는 사실을 상기하고, 시집만을 상대하며 시인론을 써보기로 마음먹었다.

버클리에서 일 년은 참으로 빨리 지나갔다. 그동안 시인이 걸었던 대학가의 많은 길들을 걸어 다니고 한 달에 한 번씩 열리는 런치포엠(Lunch Poem) 시낭송 모임에도 몇 번 구경을 갔다. 버클리는 시가 살아있는 대학으로 미국 서부시의 독자적인 전통을 간직하고 있었다. 버클리의 소탈하고 자유로운 분위기에 젖어 지내며 어쩐지 시인의 비밀스러운 영혼 한 구석을 공유하는 느낌이 들기도 했다. 계획했던 것처럼 탈고를 해오지는 못했지만 끊임없이 김승희론을 의식하면서 지냈던 것 같다.

그리고 귀국해서는 한동안 다시 적응하기 바빴고 한 학기쯤 지난 후에야 원고를 마무리하기 위해 시간을 낼 수 있었다. 출간이 당초 예상보다 계속 늦어지면서 오랫동안 시인과 함께하는 기분으로 지냈다. 시인과 연구자 사이에 놓여야 할 거리감이 점점 좁혀지면서 공감에 가까운 상태로 시를 읽어가게 되었다. 책의 구성도 시집의 발간 연대를 기준으로 순차적으로 따라가는 방식을 취했다. 여성시사에서의 위치를 고려하여 1970년대에서 1980년대의 시들을 집중적으로 다루어 달라는 편집진의 요구가 있었지만, 여덟 권의 시집이 중요도를 따지기가 어려울 정도로 균질하고, 순차적으로 변하는 과정 그 자체가 더 흥미롭게 다가왔기 때문에 이런 구성을 취하게 되었다. 시기별 변모에 초점을 맞추어 구분을 해보니 네 번 정도 큰 변화가 있었고 각 시기별로 여성의식이 심화되는 양상을 살필 수 있었다. 이 책에서는 이러한 변모의 양상을 통해 여성의식의 발전과정과 동기를 해명해 보려 했다. 또한 그동안 본격적으로 다루어지지 않았던 김승희 시의 형식적 특성들을 여성시의 표현양식으로 주목해 보았다. 작품을 충실히 따라 읽으며 되도록 시인의 창작의도에 가깝게 다가가 보려 했다.

이런 식으로 본론을 거의 완성했지만 '문학적 생애'와 '연보' 부분은 시인의 도움이 필요했다. 기존의 자료들을 참조하는 데 한계를 느끼게 되어 시인에게 직접 문의할 필요를 느끼게 되었다. 다행히 한국여성문학학회 회장인 김양선 교수가 다리를 놓아 이런 사정을 알리고 도움을 요청하였다. 김승희 선생님은 몹시 바쁜 와중에 서면 인터뷰 양식에 일일이 응해주고 연보도 직접 작성해 주셨다. 덕분에 가장 믿을 만한 생애 관련 정보와 연보 자료를 이 책에서 제시할 수 있게 되었다. 이 자리를 빌려 다시 한 번 감사드린다.

이 책을 쓰기로 한 뒤 여러 번의 겨울과 여름이 지나갔다. 하도 뜸을 들이던 책이라 막상 손에서 놓으려하니 섭섭할 지경이다. 이제는 세상으로 나가 김승희 시인을 좋아하고 알고 싶어 하는 사람들에게 빨리 닿기를 바란다. 내가 김승희의 책들을 사 모으면서 느꼈던 그 보이지 않는 끈 같은 것으로 시인과 독자들이 친밀하게 묶였으면 좋겠다.

2012년 1월, 이혜원

차례

제1장

김승희의 삶과 문학의 조건

1. 여성시의 흐름과 김승희

'불의 연인', '초현실주의 무당', '언어의 테러리스트', '늑대와 함께 달리는 여인' 등 김승희에게 붙는 수식어는 꽤나 과격하다. 그녀의 시와 삶이 얼마나 열렬한 것이었는지를 짐작할 수 있게 하는 말들이다. 김승희는 1970년대 등단하여 지금까지 꾸준히 시집을 내며 왕성하게 활동하고 있는 시인이다. 또한 시 뿐 아니라 소설, 수필 등 다른 장르의 활동도 병행하고 있으며, 창작 외의 문학연구로도 지속적으로 성과를 내놓고 있다. 문학의 다방면에 걸친 치열한 도전과 탐색은 삶 그 자체의 족적이라 할 만큼 풍부한 저작으로 쌓여있다.

그녀의 다양한 재능과 넘치는 창작열은 다른 한편으로는 시인으로서 집중적으로 받을 수 있는 관심을 분산시킨 일면이 있다. 그러나 시인으로서의 활동만 보더라도 그녀가 이루어온 성과는 괄목할 만하다. 오랜 시간동안 결코 적지 않은 시들을 발표해왔으며, 끊임없이 갱신을 도모하는 긴장된 자세를 유지해왔기 때문이다.

아직까지 왕성하게 활동 중인 시인이라는 점도 적극적인 탐구와 평가를 저해하는 요소이다. 그러나 김승희는 1970년대에서 1980년대로 이어지는 우리 여성문학사의 핵심적인 수맥을 이어주는 접점으로서 매우 중요한 위치에 있다. 김승희는 자신의 개체적 시세계 속에서 여성시문학사의 계통 발생적 변이를 선구적으로 실현해보인 우리 여성시문학사의 표본과도 같다.

일레인 쇼왈터가 제시한 여성문학의 세 단계 ─ 여성적 문학(Feminine Literature), 여성주의적 문학(Feminist Literature), 여성의 문학(Female Literature) ─ 는 여성문학사의 전개양상을 파악하는 데 유용한 지침이 되어준다. '여성적' 문학의 단계는 남성중심의 사회 문화적 규범에 충실한 것에 비해 '여성주의적' 문학은 기존의 규범을 의심하고 부정하면서 여성 자신의 시각을 정립하려 한다. '여성의' 문학은 기존 문화와의 대결에 에너지를 빼앗기지 않고 자신의 안에서 여성으로서의 정체성을 추구하는 단계이다.[1]

한국여성시사를 일레인 쇼왈터의 기준에 의해 구분해 보자면

1960년대까지의 여성적 문학의 단계를 지나 1970년대의 과도기를 거친 후 1980년대부터는 본격적인 여성주의적 문학의 양상을 보이고 1990년대 이후에는 여성의 문학이 전개되어 왔다고 할 수 있다. 1960년대까지 여성시인들은 일단 수적으로 희소했고 남성 중심의 문단에서 '여류'로서 주목받으며 섬세한 감정과 우아하고 절제된 언어를 구사하는 여성적 문학의 양상을 드러냈다.

1920년대 처음으로 여성 시인이 등장한 이후 1960년대까지 무려 반세기 동안 여성적 문학의 단계가 지속되었던 데에는 여성의 사회적 지위가 낮고 여성의 문단 활동이 지극히 제한되었던 한국적 상황이 작용한다. 이 시기에 김명순, 나혜석, 김일엽 등 초창기 선각자적 여성 문인들이 보여준 진취적인 여성해방의 의지와 자유주의 이념을 표출한 시들은 시대를 크게 앞서 나갔던 경우이다. "현재의 문학적 감수성에 비추어 보면, 이 1기 여성시인들의 시적 성취는 대단히 소박한 수준에 머물러 있다. 작품의 수도 많지 않다. 그러나 그녀들의 작품에 나타난 '독립'에 대한 갈망, 여성적 억압에 대한 분명한 인식은 당시 사회의 콘텍스트를 염두에 두면, 대단히 놀라운 것이다."[2] 그 다음 세대를 담당한 모윤숙과 노천명은 외향적이고 격정적인 감성과 내향적이고 절제된 감성으로 선명한 대조를 이루면서 이후 한국 여성시사의 커다란 두 흐름을 주도하게 된다. 해방 이후 여성시는 여성의 내면에 대한 깊은 시선의 천착과 본격적인 탐색이 이루어지게 되는데 이는 다소 관념적이고 수동적인 여성의 모습을 형상화하기도 하지만 여성의 존재론적인 정체성을 심도 있게 보여주고 있다.[3] 따라서 여성적 문학의 단계가 심화된 시기라고 할 수 있다. 김남조, 허영자, 이영도 등이 구축한 섬세하고 격조 높은 여성시의 서정성은 홍윤숙, 김초혜, 김후란 등으로 이어지면서 새로운 감성과 개성적인 어법을 획득하게 된다.

한국의 여성주의 시는 1970년대 후반의 잠재기를 거친 후 1980년대 초반부터 과격한 전복적 목소리를 내며 텍스트적 혁명을 실천해왔다고 말할 수 있다.[4] 1970년대 등단한 고정희, 김승희, 최승자 등의 시인들은 1980년대 본격화되는 여성주의적 문학과 이전의 문학을 잇는 가교로서 중요한 역할을 한다. 이들이 의식적으로 여성주의적 문학을 추구하기 시작하는 것은 1980년대 넘어서의 일이지만, 자유롭고 사변적인 서술의 방식은 이전의 시들과 달라지기 시작하는 여성시의 새로운 면모를 보여준다.

강은교, 문정희, 고정희, 김승희, 노향림, 김지향 등이 주도한 1970년대 여성시는 1960년대의 분위기를 이어 받으면서도 새로운 면모를 드러낸다. 자신들도 모르게 길들여진 왜곡된 여성성과, 사회가 요구하는 보수적이며 전통적인 여성적 분위기를 과감하게 극복하여 하나의 보편적이며 개성적인 인간으로서의 세계를 만들어 낸다. 이전 시기의 감성적이고 개인적인 서정의 세계가 얼마간 퇴조하고, 그 대신 지성적이고 복합적인 세계, 형이상학적이고 철학적인 탐구의 세계, 현실 지향적이고 시대 지향적이며 역사와 정치에 관심을 가진 그런 세계가 싹트기 시작한다.[5]

1970년대는 독재 정치와 산업화로 인해 인권 침해와 소외 현상이 심각해지면서 어두운 현실과 대면하는 시의 사회적 응전이 치열해지는 시기이다. 직접적인 탄압의 대상이 될 만한 직설적인 발언을 피하면서 부정적인 세계인식을 예리하게 드러내는 비판적 지성과 허무의식이 주조를 이룬다. 여성시인들도 이러한 문단의 흐름과 다르지 않게 시대 의식과 실존적 사유를 결합하는 지적인 풍조를 보여준다.

1980년대의 여성시는 사회 정치적인 현실의 급격한 변화와 맞물려 전면적인 혁신을 이루게 된다. 1980년대에 이르러 더 이상 억누를 수 없을 만큼 성장한 사회의식은 소외되었던 여러 사회적 타자들의 직접적 참여를 이끌어내었고 그 중 하나였던 여성들의 움직임은 어느 때보다도 강하고 분명하게 나타난다. 여성시인들은 더 이상 검열을 의식하지 않고 인간 해방과 더불어 여성 해방의 의지를 직접적으로 발언한다. 이들의 여성주의 시가 1920년대 출현했던 여성시의 선구자들처럼 예외적 소수로서 배척되지 않고 뚜렷한 좌표를 형성할 수 있었던 것은 더 이상 소수가 아닌 다수의 소리로 힘을 모았을 뿐 아니라 광범위한 여성 운동과 사회적 연대를 이루었기 때문이다. 1980년대 여성주의 시는 또한 구호 차원의 여성 해방에 그치지 않고 다양하고 개성적인 미학적 혁신을 도모함으로써 문단과 사회의 관심을 받을 수 있었다. 여성의식의 수준과 여성시 양식의 발현에 있어 1980년대의 시는 여성시사에서 전례 없이 큰 획을 긋는 획기적인 비약을 이룬다.

1990년대 이후에는 1980년대 여성시가 이룩한 확고한 기반 위에서 여성성의 탐구와 시적 개성을 심화에 주력할 수 있게 된다. 그야말로 자연스러운 '여성의 female' 시를 쓸 수 있게 된 시기이다. 이전의 여성시인들이 의식했던 사회적 압력에서 벗어나 인간 본연의 욕망이나 자아의 성찰에 몰입할 수 있게 된다. 이제 여성들은 일차적으로 여성의 몸을 있는 그대로 소중하게 여기며 그 숨은 가치를 적극적으로 들어 올리게 되었으며, 여성의 말을 온전한 언어로 인식하기 시작하였고, 여성의 일과 노동을 재평가하기 시작하였으며, 더 나아가 여성성이 절대의 순수성을 가진 존재의 근원이라는 데까지 나아가게 되었다.[6] 김승희, 허수경, 노혜경, 김선우 등이 여성들의 신화와 역사를 근본적으로 점검하는 작업을 통해 여성성의 고유한 가치를 제시한다. 여성 차별에 저항하는 데 많은 에너지를 쏟지 않을 수 있게 된 1990년대 이후 여성시는 한층 주체적이고 실험적인 정신의 시쓰기를 도모하게 된다. 어느 시기보다 자유로운 상상과 활발한 언어 실험이 행해졌을 뿐 아니라 오랜 서정의 전통 또한 새로운 감각으로 정련하여 한층 견실해진다. 황인숙, 박라연, 천양희, 정화진, 이진명, 최정례 등 많은 여성시인들이 참신하면서 밀도 높은 서정적 언어를 창출한다.

1970년대부터 현재까지 꾸준히 활동하면서 김승희는 우리 여성시의 역사를 관통해왔다. 여성적 문학에서 여성주의 문학으로 옮겨오는 과도기에 시인으로 출발하여 변화를 암시하는 새로운 시풍을 선보인다. 김승희 초기시가 보여주는 초월적이고 관념적인 색채는 세계의 부정성에 내적으로 저항하던 1970년대 시의 선구적 경향과 상통한다.

김승희가 처음부터 여성시인으로서의 자각을 드러낸 것은 아니다. 애드리안 리치(Adrienne Rich)가 그랬던 것처럼 그녀에게도 역시 시는 보편적이어야 하고 보편적이라는 것은 '여성이 아님(nonfemale)'을 뜻하기 때문이었을 것이다. 그러던 애드리안 리치는 "이미지를 주조하고 이름을 규정하는 지배문화의 권력 아래 사는 모든 그룹은 정신붕괴의 위험에 처하며 그것에 저항할 예술을 필요로 하고 있다"[7]고 보고 여성 경험을 중심에 놓는 새로운 시쓰기의 가능성을 탐구한다. 그녀는 보편성을 추구하는 여성적인 문학의 단계에 있을 때도 탁월한 시적 자질을 인정을 받았지만, 자신만의 새로운 시쓰기를 추구하면서 시인과 여성으로서의 정체성 사이에서 분열되었던 자아를 합치시키고 여성시인으로서의 새로운 장을 열 수 있었다. 김승희의 경우도 이와 유사하다. 김승희 역시 강렬한 이미지와 탁월한 언어감각으로 주목을 받았지만 자신만의 시세계를 구축하게 되는 것은 여성으로서의 자아를 각성하고 표출하기 시작하면서부터다.

1980년대 이후 김승희는 초기시의 관념성에서 벗어나 자신의 시대와 여성적 자아를 날카롭게 의식한다. 여성으로서의 정체성에 관한 한 김승희는 누구보다도 뚜렷하고 명확한 인식을 보이는 것으로 평가된다. 여성적 분노나 고발의 차원을 성큼 뛰어넘어

자기 존재의 증명으로서의 아름다움을 발현하고 여성의 내면에서 분출하는 생명력으로서의 예술을 실현하는 것으로 인정받는다.[8] 김승희는 기존의 여성시와 전혀 다른 파격과 모험을 감행하며 여성의 정체성을 전면적으로 재발견할 수 있게 한다.

한국 여성시문학사에서 김승희의 역할은 특별하고 중요하지만 지금까지 이에 대한 본격적인 연구는 이루어지지 않고 있다. 대부분의 연구들이 김승희 시의 강렬한 개성을 주제의식의 면에서 규명하는 데서 그치고 있다. 김승희 시가 여성시로서 갖는 각별한 의미를 파악하기 위해서는 주제 이상으로 표현과 형식의 새로움에 주목해야 한다. 김승희의 시에서 의식의 새로움은 표현의 혁신과 따로 떼어놓고 생각하기 힘들 정도로 밀착되어 있다. 따라서 여기서는 김승희 시가 의식과 표현 면에서 도달한 여성문학적 성과를 살펴보고 여성시사에서 그녀의 시가 차지하는 위치를 규정해보려고 한다.

김승희 시의 전모를 이해하기 위해서는 시기별로 끊임없이 변화를 거듭해온 시세계의 전개 양상을 파악할 필요가 있다. 여기서는 그녀의 시세계를 의식의 변모에 따라 네 단계로 구분하고 각각의 양상을 구체적으로 살펴볼 것이다. 시집 『태양미사』와 『왼손을 위한 협주곡』은 1기에 해당하며 죽음의식, 초월의식 등 관념적 성향이 강하게 나타난다. 『미완성을 위한 연가』와 『달걀 속의 생』이 포함되는 2기는 본격적인 여성경험이 드러나기 시작하며 이전 시기에 두드러지던 의식의 수직적 지향이 수평적 지향으로 크게 변모하는 양상을 보인다. 일상에 대한 자가과 일탈의 욕망이 표출되는 시기이다. 『어떻게 밖으로 나갈까』와 『세상에서 가장 무거운 싸움』을 쓴 3기에는 이전 시기보다 좀 더 큰 대상인 제도에 대한 부정과 현실 비판이 분명하게 드러난다. 『빗자루를 타고 달리는 웃음』과 『냄비는 둥둥』의 4기에는 제국주의에 대한 부정이 드러나고 여성을 재인식하는 양상이 나타난다. 매 시기마다 시인은 자신의 시에서 다룰 주제를 분명하게 의식하고 그것을 가장 효과적으로 표현할 수 있는 방법을 다양하게 시도한다. 김승희 시의 전개 양상을 살피는 것은 곧 우리 여성시를 추동해온 의식의 진보를 추적하고, 여성적 시쓰기의 다양한 가능성을 점검하는 일이라고도 할 수 있다. 그만큼 그녀는 다양한 여성의식과 여성적 발화의 양상을 실현해보이고 있다.

여기서는 시의식과 맞물리는 표현의 방식을 구체적으로 살펴봄으로써 우리 여성시가 이룬 여성적 미학의 새로운 면모를 규명할 것이다. 여성적 표현의 다양한 시도는 의식면에서 여성시가 개척한 영역 이상으로 우리시의 가능성을 확장해놓는다. 김승희는 비유, 리듬, 어조 등 시의 핵심적인 요소들에서 과감한 변화를 시도한다. 김승희의 시를 통해 여성시의 진정한 변화는 의식 뿐 아니라 미학면의 혁신을 반영한다는 점을 확인할 수 있다.

본고에서는 김승희 시의 전개과정을 따라가며 각 시기별로 시인이 가장 몰입했던 시의식과 여성적 경험의 표현, 여성적 시쓰기의 양상을 살펴볼 것이다. 전 시기를 통틀어 김승희 시의 일관된 주제라고 할 수 있는 것은 자유로운 자아에 이르고자 하는 강렬한 열망이다. 열망이 강렬한 만큼 그것을 방해하는 세력에 대한 부정 또한 강하고 분명하다. 시인은 자유라는 보편적 가치를 추구하는 데 있어 여성으로서 대면하게 되는 수다한 억압을 의식하면서 여성시인으로서 자신의 목소리를 내기 시작한다. 김승희의 시는 존재에 대한 치열한 탐색의 과정이 여성으로서의 자아를 인식하고 개척해나가는 것과 다르지 않다는 것을 증명한다는 점에서 여성시에서 긴요한 여성적 삶에 대한 자각의 실제적 증거라 할 수 있다.

2. 김승희 해석의 지평

김승희 시에 대한 연구는 그리 많이 축적된 편은 아니다. 아직도 왕성하게 활동 중인 진행형의 시인이고 특정 시기나 경향에 국한되지 않는 다양한 면모를 보여주기 때문에 일정한 평가를 행하기 어렵기 때문일 것이다. 김승희에 대한 논의는 크게 일차적 이해를 위한 해설·서평류와 본격적인 시인론·논문류로 나누어진다.

해설·서평류는 본격적인 연구는 아니지만 김승희 시에 대한 다양한 감상과 당대적 평가를 가늠할 수 있어서 유용하다. 새로운 시집을 간행할 때마다 덧붙었던 해설과 서평을 연대순으로 살펴보도록 한다.

이태동은 첫 시집의 해설에서 김승희의 시가 뜨거운 열정으로 예술과 생의 비전을 보여준다고 하였다. 그는 김승희가, 예술적인 지향이 강한 시들이 흐를 수 있는 퇴폐적이고 감상적인 특성을 구체적인 이미지와 참신한 언어, 맑고 차가운 음악을 통해 극복하고 있다고 본다. 김승희 시의 이국적인 성향에 대해서도 낡은 것에 물들지 않은 새로운 시적 세계를 구축하기 위한 것이라고 이해한다.[9]

김열규는 『왼손을 위한 협주곡』의 해설에서 "아픔의 신명, 동통(疼痛)의 신바람"을 김승희 특유의 시세계로 규정한다. 김승희의 시를 불안과 전율과 공포가 들끓는 전쟁 같은 시, 아픔의 미학과 슬픔의 미학을 가를 수 없는 어떤 경지에 있는 시로 본다.[10]

오탁번은 『미완성을 위한 연가』를 해설하면서 김승희를 "천재와 광기를 분별 있게 소유한 시인"이라고 명명한다. 김승희의 서술적인 어법이 시의 긴장과 압축을 저해하는 일상적이고 퇴영적인 방법으로 전락하지 않고 우리시단에서 보지 못했던 새로운 시풍(詩風)으로까지 정립하고 있다고 높이 평가한다.[11]

김성곤은 『달걀 속의 생』을 해설하면서 이 시집이 놀라운 시적 원숙함과 탁월함을 성취하고 있다고 한다. 모든 시들이 일상의 편린들을 삶의 진리로 승화시키는 데 성공하고 있어 시인으로서 김

승희의 성공적인 부화이자 중요한 문학적 업적이라고 평가한다.[12]

김경수는『달걀 속의 생』에 자신과 시대 모두에게 물음을 던지고 그 물음에 대한 대답을 찾는 시편들이 지배적으로 나타난다고 본다. 김승희의 시들은 자신에게 던지는 물음을 통해 자체의 긴장과 서정성을 유지하면서 동시대의 삶에 대한 깊은 통찰을 보여주기 때문에 간과할 수 없는 인식의 폭을 보여준다고 평한다.[13]

최동호는 김승희가『어떻게 밖으로 나갈까』에서 도덕성이나 윤리감각이 사라져버린 자동화된 인간들의 삶을 폭로하고 있다고 본다. 닫힌 출구에서 상처를 받는 데서 그치지 않고 많은 삶의 길을 알아내고 그것이 결국 하나의 길로 통한다는 점을 깨닫고 있다는 점에서 인간적 성숙을 느낄 수 있다고 평가한다.[14]

정효구는『세상에서 가장 무거운 싸움』의 해설에서 김승희가 타고난 그대로의 야성 혹은 거친 창조적 생명력을 잘 보존하고 실현시켜 나가는 시인이라고 한다. 그녀가 아웃사이더로서 불공평한 현실적 대결을 감내하면서 생명력과 자존심을 지켜나간다고 본다.[15]

이경림은『빗자루를 타고 달리는 웃음』의 서평에서 이 시집이 자본주의화 되어가는 한국사회에 대한 풍자와 페미니스트로서의 진지한 모색을 담고 있다고 한다. 작품의 가치마저도 시장의 논리에 맡겨진 이 땅의 역사적 현실에 대해 당당하게 발언하는 시인을 높이 평가한다.[16]

고현철은『빗자루를 타고 달리는 웃음』을 탈식민주의적 페미니즘의 시각에서 분석한다. 김승희의 시가 다양한 주체와 문화들이 갖는 각각의 차이와 다양성을 인정하고 융합의 가능성을 모색하기 위해 탈식민주의적 반(反)언술을 시도하고 있다고 본다.[17]

유성호는 김승희의 시가 혼돈의 세계에 대한 열애의 감각으로 생의 율동을 재현하고 심미화함으로써 역설적 구원에 이르는 방법을 줄곧 택해왔으며, 『냄비는 둥둥』에 이르러 음악적 율동의 감각에 이르고 있다고 한다. 이 시집에 흐르는 복선율의 다성악이 '야성'의 상상력을 물질적 구체성으로 보여주고 들려준다고 평가한다.[18]

이상의 해설이나 서평을 통해 김승희의 시가 끊임없이 변모해왔으며 강렬한 개성으로 주목 받았음을 확인할 수 있다. 특유의 열정과 야성은 이 시인만의 각별한 면모로서 자주 거론이 되어왔다.

김승희 시세계 전반을 대상으로 한 본격적인 연구에 해당하는 시인론이나 논문류는 다시 여성주의적 측면에 주목한 연구, 신화적 이미지를 분석한 연구, 자유에 대한 지향이나 유목의식을 살핀 연구 등으로 나누어 볼 수 있다.

구명숙은 김승희의 시에 나타나는 여성의식을 주목한다. 여성들의 고통스럽고 억압된 삶을 예민하게 직시하며, 갇힌 여성들이 개인의 자유와 해방을 위해 힘껏 날아야 한다는 부활의식을 고취시키고, 궁극적으로 인간해방의 길을 찾아 열린 삶, 자아를 실현해 가는 삶을 추구함으로써 여성의식을 강하게 드러낸다고 한다.[19] 이러한 접근은 여성주의의 일반론을 확인하는 것에 가까워서 김승희 시의 독자적인 특성은 잘 드러나지 않는다.

김지선은 여성성과 여성적 글쓰기에 대한 고찰의 일환으로 김승희의 시를 살핀다. 김승희 시에 나타나는 여성성을 갇힌 몸으로부터 탈주하려는 욕망, 야성의 과감한 표출, 남성 중심의 질서와 언어에 대한 교란, 고통을 나누는 여성적 연대 등으로 파악한다.[20] 주로 여성의식에 초점을 맞춘 것으로서 여성적 글쓰기에 대한 구체적인 논의가 아쉽다.

김미정은 김승희의 초기시에 나타나는 신화적 상상력을 영웅신화 모티프를 중심으로 살핀다. 이를 다시 '존재를 향한 내면적 모험'과 '충만한 삶을 위한 사회적 모험'으로 나누고 있다.[21] 김승희 시에 풍부하게 나타나는 신화적 상상력을 집중적으로 탐구한 논문이다. '내면적 모험' 부분에서는 영웅 신화, 통과제의, 속죄양 모티프 등 신화적 요소에 대한 언급이 나타나지만 '사회적 모험' 부분에서는 신화적 모티프와의 관련성이 잘 드러나지 않는다.

김은희는 김승희 시에 나타난 여성 신화를 고찰한다. 김승희의 시에서 '심청'과 '선녀' 이미지가 맹목적인 희생의 신이 아니라 주체적이고 독립적인 신격을 나타내고, '짐승', '마녀', '날개'의 이미지가 저항하는 여성이미지를 구체화한다고 본다. 또한 '웅녀'를 신화적으로 재해석하여 전복과 탈출의 이미지를 형상화한 점을 주목한다.[22] 김승희 시에서 여성신화가 새롭게 해석되면서 여성의 주체성을 적극적으로 표출하고 있다는 점을 분명하게 규명하고 있다.

이지원은 김승희 시를 관통하는 중요한 흐름이 '유목의식'에 있다고 본다. 들뢰즈와 가타리의 이론을 빌어 김승희 시의 '탈주'가 단순한 도피나 파괴가 아니라 생성의 공간을 만들어가는 과정이라고 주장한다. 첫 시집『태양미사』에서 죽음으로부터 탈주하여 생명의 세계로 이동하는 수직 지향적 탈주선을 보여주고 두 번째 시집『왼손을 위한 협주곡』에 이르러 죽음으로 질주하는 양상을 보이는데 이는 탄생의 방향으로 가기 위한 격렬한 마음의 상태라고 이해할 수 있다고 한다.『미완성을 위한 연가』와『달걀 속의 생』에서는 일상으로부터의 탈주 욕망을 드러내고,『어떻게 밖으로 나갈까』,『세상에서 가장 무거운 싸움』,『빗자루를 타고 달리는 웃음』에서는 일상의 문제에서 제도의 문제로 더 깊이 파고들어가 체제의 억압에 정면으로 도전하는 적극적인 의식을 보여준다고 한다.[23] 정주하지 않고 변화하는 김승희 시의 전체적 면모를 유목의식이라는 일관된 틀로 포착해낸 의욕적인 논문이다. 죽음, 일상, 제도로부터의 탈주 사이의 결락부분, 변화의 동기에 대한 설명이 부가된다면 유목의식의 전개를 보다 면밀하게 파악할 수 있을 것이다.

　이경호는 김승희가 시적 논리의 틀을 가지고 시를 쓰지만 기발한 상상력과 자유분방한 언어로 그것을 유연하게 표현한다고 본다. 첫 시집에서는 '태양'을 이상으로 삼는 비현실적 자세를 유기적인 상상력의 공간 속에서 탄력 있게 표현하고, 두 번째 시집에서는 무수히 많은 죽음과 절망 속에서도 삶의 희망이 존재할 수 있음을 절묘하게 보여준다고 한다. 세 번째와 네 번째 시집 속에서는 타인들의 삶과 어우러지면서 절실하게 다가오는 현실의 공간을 다룬다고 본다.[24] 또한 부분적인 언급이긴 하지만, 주제의식과 함께 김승희 시의 언어에 대한 자세가 달라지는 점을 주목한다. 두 번째 시집을 경계로 해서 현란한 상징과 수사들이 압축된 묘사적인 문체에서 일상적인 사건과 관련된 내용을 차분하게 진술하는 서사적 문체로 탈바꿈한다고 본 것이다. 서사적인 문체 속에 아이러니와 패러독스를 병합시켜 현실과 삶의 깊고 내밀한 의미들을 표현해내고 있음을 포착한다.

금동철은 김승희의 시가 본질적으로 현실과 이상향이라는 두 세계의 이항 대립을 기반으로 형성되었다고 파악한다. 부끄러움과 욕망으로 가득 찬 추한 세계인 현실에서 시인은 자학과 광기에 매몰된 자아로서 고통의 축제를 행하고 일상성의 감옥을 '달걀' 이미지로 전이하면서 일상의 껍질에서 깨어나 존재의 자유를 얻고자 하는 갈망을 드러낸다고 본다.[25]

신범순은 김승희의 시들이 원초적인 인간의 우주적인 존재론과 소모품적인 존재로 전락한 현대적 인간의 삶을 대비하고 있다고 본다. 김승희의 시의 주제는 '나'에 대한 탐구에 바쳐지는데 그녀의 '나'는 끊임없이 변신해가는 수많은 가능성으로서의 복수적인 존재라고 파악한다. 그는 김승희가 갖는 뚜렷한 시적 전략에 대해 관심을 갖지만 그것이 너무 직접적인 서술적 주제가 되는 것을 경계한다.[26]

이재복은 김승희가 자신을 가두고 있는 언어의 감옥을 부수고 조롱하면서, 또는 스스로 언어에 마술을 걸어 끊임없이 미지의 세계를 불러내는 역동적이고 혁명적인 유희의 메타포를 극대화 한다고 본다. 논리에 문법에 길들여지기를 거부하는 김승희의 언어가 유동적이고 불안정한 텍스트를 이루는데, 이러한 텍스트는 자아를 강화시켜주는 '즐거움(plaisir)의 텍스트'가 아니라 자아의 상실과 해체와 관련된 '즐김(jouissance)의 텍스트'라고 파악한다.[27]

김승희는 오랫동안 시를 써왔고 또 끊임없이 변화를 계속해왔기 때문에 다양한 관점의 접근이 가능하다. 지금까지의 연구들은 주로 주제 면에서의 접근에 가깝다. 여성의식, 신화적 이미지, 유목의식 등에 대한 접근은 김승희 시의 주제의식을 포착할 수 있는 유용한 방법이기는 하지만, 그 모든 것을 포함하는 시의식의 전체적 양상을 보다 포괄적으로 규명할 필요가 있다. 또한 주제의식에 가려져 별로 언급되지 않는 미학적 측면에 대한 본격적인 고찰이 요청된다. 김승희 시에서 존재론적 인식과 여성의식이 맞물리면서 증폭되는 주제에 대한 포괄적 접근과 미학적 혁신의 성과를 구체적으로 검토한다면 여성시사에서의 위치에 대한 적극적인 평가도 가능하리라 본다.

3. 문학적 생애

　김승희는 1952년 3월 1일 전남 광주에서 아버지 김인곤(金仁坤), 어머니 정경미(鄭京美)의 맏딸로 출생했다.[28] 태몽으로 휘영청 큰 보름달이 어머니의 뱃속으로 들어오는 꿈을 꾸고 '달 월(月)'자가 들어가는 이름을 짓기 위해 오랫동안 옥편을 뒤적거린 끝에 '승(勝)'을 찾았다고 한다. 아버지는 공무원이었고, 어머니는 전주 사범을 졸업한 후 교편생활을 하다가 출산으로 학교를 그만 두고 양육에 전념하게 된다. 외할머니로부터 '숙향전', '심청전', '춘향전' 같은 고전 소설 이야기를 듣고 자라나서 지금도 고전 소설을 좋아한다.

　어린 시절 살던 동네가 사동인데 KBS 방송국이 있던 사직 공원 아래 동네라 동생들과 어울려 나무 지팡이를 들고 산을 돌아다니며 나무와 꽃, 풀과 나비, 잠자리 등과 벗 삼고 놀았다. 그래서인지 지금도 산을 매우 좋아한다. '광주 대공원'에서 시조창을 부르던 어른들을 자주 보는 기회를 갖는다. 시조에 대한, 그리고 목소리를 이상하게 슬프게 잡아끄는 창(唱)에 대한 관심이 많다.

　1958년 광주 서석초등학교에 입학한다. 초등학교 4학년 때 처음 백일장에 나가 「나무」라는 시로 장원 상을 받았다. 아버지를 따라 간 이발소에서 김소월의 「초혼」이 쓰인 그림 액자를 보고는 일상 언어와 시적 언어의 경이로운 차이를 깨닫고 시적 언어에 매혹된 것이 시에 이끌리게 된 최초의 동기이다.

1964년 전남여자중학교에 입학한다. 중학교 때 이상의 시 「절벽」을 읽고 그의 문학 세계에 매료된다. 이 시기에는 지극히 문학소녀다운 나르시시즘과 죽음 충동, 센티멘털리즘, 독서벽(癖)에 사로잡혀 지낸다. 당연히 약간은 자폐적인, 약간은 허무주의적인, 약간은 보헤미안적인, 약간은 모범학생으로서 생활한다. 어머니가 좋아하던 책들, 이어령 교수의 『흙 속에 저 바람 속에』, 『하나의 나뭇잎이 흔들릴 때』와 박경리의 소설 『불신 시대』, 『시장과 전장』, 『김약국의 딸들』 등을 탐독한다. 현실보다 문학이 더 현실 같고 가족보다 문학 속의 인물이 더 혈연 같던 시간을 보낸다. 중학교 3년 내내 모든 백일장에 참가하여 항상 상을 탔기 때문에 졸업식 때 공로상을 받았을 정도이다.

1967년 서울의 숙명여고에 입학한다. 당시 유행했던 보들레르의 『악의 꽃』, 도스토예프스키의 『지하생활자의 수기』, 니체의 『비극의 탄생』, 하이데거의 『철학이란 무엇인가』, 『릴케론』 등과 전혜린의 산문, 루이제 린저의 『생의 한가운데』 등을 탐독한다. 문학병이 너무 심해져 공부를 등한시하게 된다. 쇼펜하우어의 염세철학에 심취하고 니체를 통해 천재와 예술과 열반의 개념을 알아간다. 철학을 하고 싶고 문학을 하고 싶고 언젠가 도저히 잊어버릴 수 없는 그런 책을 쓰고 싶다는 욕망에 사로잡힌다. 대학 입시를 앞두고 서강대학교 원서를 사서는 영문학과와 철학과 사이에서 망설인다. 시에 대한 원시신앙과도 같은 그리움을 확인하며 영문학과를 지원한다. 외국문학에 대한 동경도 크게 작용한 결과이다.

1970년 서강대학교 영문학과에 입학한다. 영문학과에서 코울릿지, 월러스 스티븐스, 딜란 토마스 등을 읽었다. 당시 다른 국내 대학과는 달리 서강대 도서관에 신속하게 들어오던 신간 『영미 문학저널』 등을 읽고 1963년도에 '가스를 틀어둔 오븐에 머리를 박고' 집에서 자살했던 실비아 플라스라는 미국의 여성 시인을 알게 된다. 어느 에세이에서 "자살하기 전 그녀는 이층 아이들의 방에 올라가 탁자에 우유 한 잔씩을 두고 침대에 걸터 앉아있었다. 그 때 하얀 두건을 쓴 달이 파랗게 질려 방안을 들여다보고 있었다"라는 구절을 읽고 내내 잊을 수 없는 강렬한 인상을 받는다. 그녀의 죽음 충동과 우주를 꽉 채운 그 무서운 검은 파도 앞에서 파랗게 오들오들 떨고 있는 그녀의 '모성성'에 대해서 전율한다. 끝내 그녀는 죽음 충동의 먹이가 되었고 죽음이 그녀의 실존적 위기의식의 한 '고백'이 되었다는 것을 알았다. 그토록 무시무시한 '고백', "나는 수직이다 / 그러나 나는 수평이고 싶다"와 같은 구절을 남긴 그녀는 자신의 힘으로 끝내 '평화의 수평'으로 돌아갔다는 것을 깨닫는다.

김승희의 대학 시절은 곧 유신시대(1972~1979)였고 개인에게는 참으로 무기력한 시간이었다. 유신 체제는 '국가 비상사태'를 전제로 한 체제였기에 연일 데모의 연속인 대학의 소란을 억압하기 위해 자주 휴교령이 내렸다. 이 때문에 신촌의 학교보다는 소공

동에 있던 국립도서관에서 공부를 했던 기억이 더 강하다. 독서에 대한 탐욕은 걷잡을 수 없어서 이 때 참으로 많은 책을 읽는다. 국립도서관이 끝나는 시간에 나와 명동 거리를 거닐거나, 명동 성당 앞에 있던 음악다방 크로이첼에서 클래식 음악을 많이 들었다. 당시의 사회적 분위기는 매우 음산했고 그런 고갈의 분위기를 그린 시 「우리의 갑각문화」를 썼다. 1973년 『경향신문』 신춘문예에 「우리의 갑각문화」는 떨어지고 함께 투고했던 「그림 속의 물」이 당선되어 시인으로 등단한다. 박두진, 전봉건 시인이 심사를 맡았었다.

1973년 그 해 신춘문예로 등단한 시인, 작가들의 모임인 '1973'에 참가한다. 시인 정호승, 김명인, 이동순 외 소설가 박범신, 이경자 등과 함께 동인지 『1973』을 내기도 했다. 이를 계기로 처음으로 한국의 문인들을 알게 된다.

1975년 친구인 소설가 강석경의 소개로 이어령 교수가 주간으로 있던 『문학사상』 편집부에 근무하게 된다. 그 후 몇 년 동안 『문학사상』에서 서평, 대담 등의 원고를 많이 썼다. 「1970년대 작가와의 인터뷰─그는 누구인가?」 등을 연재하며 이청준, 최인훈, 박완서, 최인호, 조세희, 정현종, 황동규, 강은교 시인 등과 대담했다.

1977년 10월 24일 당시 서울대 대학원 철학과에서 플라톤 등 서양철학을 전공하던 박홍태와 결혼한다.

1979년 서강대 대학원 국문학과에 입학하여 현대시를 전공한다. 김열규, 김학동, 이재선 교수로부터 문학 연구의 길을 배운다. 같은 해에 첫 시집 『태양미사』를 간행한다. 1980년에는 산문집 『고독을 가리키는 시계바늘』과 『영혼은 외로운 소금밭』을 출간한다. 1981년 「이상시에 나타난 '거울'의 구조와 상징」으로 석사학위를 취득한다. 1982년 『이상 평전』과 이상 시전집 『제13의 아해도 위독하오』를 편저로 내놓는다. 1983년 두 번째 시집 『왼손을 위한 협주곡』, 1985년 수필집 『33세의 팡세』, 1987년 세 번째 시집 『미완성을 연가』, 1989년 『달걀속의 생』을 간행하는 등 등단 이후 쉬지 않고 왕성한 창작과 집필활동을 이어간다.

이 시기에 김승희는 시인과 연구자로서 뿐만 아니라 아내와 어머니로서 살아가며 생의 전환점을 맞이한다. 결혼과 출산은 그녀에게 여성이라는 자각이 생기는 중요한 계기가 된다. 그냥 공부만 하다가 결혼을 하고, 그저 아버지의 딸로만 자라오다가 결혼을 하고 아이들을 낳아보고 나서야 자신이 여성이라는 것, 아버지의 딸이 아니라 비천한 어머니의 딸이라는 것을 깨닫게 된다.[29] "한국 여자로 태어나 '잘 산다는 것'은 결국 '고통 한판 놀아보는 것'이 되지 않을 수가 없다"[30]는 생각에는 결혼과 양육의 어려움과 놀라운 열정의 경험이 자리잡고 있다.

1980년 5월에 광주 항쟁이 발생한다. 처음 그 소식을 들었을 때는 '소문 속의 사건'일 수밖에 없었지만 점점 가학적 국가 권력의 정체가 드러나면서 고향인 광주를 파괴하고 광주의 진실을 왜곡하는 그 세력의 정체에 대한 '분노'와 말할 수 없는 거세 공포증을 느끼게 된다. 보다 정확하게 말한다면 '분노'보다 '거세 공포증'이 더 컸다고 할 수 있다. 내면의 위기와 불안, 타나토스, 사회적 광기 아래 짓눌리는 한 개인의 심리적 위기가 타나토스로 나타났고 죽은 자를 애도하고자 하는 타나토스적 리비도의 공포가 『왼손을 위한 협주곡』에서 그로테스크와 샤머니즘적 리듬으로 드러난다. 자기 영혼의 은밀한 수치와 광기를 고백하는 고백적 글쓰기를 하게 된다.

1985년 출간한 『33세의 팡세』는 '자전적 에세이'로 과대 광고되면서 '실록 자서전'으로 읽히는 무수한 오해를 받는다. 저자가 팩션(faction: fact+fiction)이라고 머리말에 밝히고 있는데도 현란한 광고를 통해 "두 번의 자살미수, 벅찬 시련과 도전 끝에 찾은 시와 사랑의 길" 등의 자극적 카피가 독자에게 각인되어 책의 모든 내용이 사실인 것으로 오해를 받는다. 이 책에도 자주 등장하지만 "한편의 시를 쓰는 것은 한 번의 자살 미수"라고 생각한 것이 확대 해석된 것이다. 위기의식과 불안에서 시작되는 고백적 글쓰기는 자신의 수치와 죄를 매우 강한 과장과 그로테스크한 위악의 상상력을 통해 은밀하게 고백하는 것이기 때문에 위험한 글쓰기일 수 있다. 『33세의 팡세』는 그러한 실비아 플라스의 자서전적 소설 『벨 자(Bell Jar)』를 탐독하고 그에 영향 받아 쓴 '자서전적 소설'로 보면 가장 적절할 것이다. 이 책에 대해 소설가 최인호는 "카뮈의 산문과도 같은 격조 있는 글. 강신무의 신 내린 문장. 언어로 실을 짜야만 살 수 있는 거미 여인"이라고 인상적인 평을 했다. 그로부터 한참 후 최승호 시인이 주간으로 있던 『작가세계』의 모임으로 많은 젊은 문인들이 모였던 자리에서 시인 기형도가 『33세의 팡세』는 한국 최고의 명문장이라고 한 적도 있다. 젊은 날 혼신의 문학적 고백을 행했던 이 책은 자서전이라는 오인에서 벗어나 하나의 문학 작품으로 평가받아야 것이다.

1991년 다섯 번째 시집 『어떻게 밖으로 나갈까』와 수필집 『키 큰 사람으로 살고 싶다』를 간행한다. 이 해에 연작시 「떠도는 환유」 등으로 여성으로서는 최초로 제5회 소월시문학상을 수상한다. 1992년에는 「이상 시 연구―말하는 주체와 기호성의 의미작용을 중심으로」로 서강대 대학원에서 박사학위를 받는다. 1993년에는 산문집 『사랑이라는 이름의 수선공』을 내놓는다. 1993년 초 프랑스 파리 '시의 집'에서 시 낭송을 하고 남프랑스, 독일, 오스트리아, 스위스, 헝가리 등 유럽 6개국을 혼자 여행한다.

1993년 9월부터 12월 미국 아이오와 대학 주최 '세계 작가 프로그램(International Writing Program)'에 참가하여 세계 각국에서 온 여러 시인, 작가들과 교류한다. 특히 이집트에서 온 작가 이티달 오스만, 루마니아에서 온 시인 다니엘라 크라우세루와 친하게 지냈다. 당시 미국 통신회사 AT&T의 후원으로 미국 여행과 시 낭독을 많이 다녔다. 시카고의 문화 단체, 마이애미에 있는 플로리다 대학, 샌프란시스코, 오클랜드, 피닉스 등에서 강연과 시 낭독을 했다. 아이오와 대학 기숙사인 메이플라워의 5층에서 그 옆을 흘러가는 회색빛 아이오와 강을 바라보다가 '정선 아리랑'의 웅얼거리는 가락이 들려오는 것을 듣고 최초의 단편소설 「산타페로 가는 사람」을 쓰기 시작한다. 단편소설을 탈고한 날 아침, 눈이 많이 내리는 추운 거리를 뚫고 버스를 타고 아이오와 우체국에 가서 동아일보사로 신춘문예 투고 소설을 부치던 기억이 뚜렷하다. 가명으로 투고한 이 소설이 이문열, 조남현의 심사로 1994년『동아일보』신춘문예에 당선한다. 시로 등단한 지 11년 만에 소설로 다시 등단한 소식은 당시 문단의 큰 화제가 되었다. 1995년에는 여섯 번째 시집『세상에서 가장 무거운 싸움』을 출간한다.

1995년 8월에 도미(渡美)하여 1997년 12월까지 캘리포니아대 버클리 캠퍼스에 체류한다. 객원부교수로 한국 현대시, 한국의 명문(名文) 등을 가르친다. 버클리 대학에 있을 때 많은 단편소설을 썼고 LA 흑인 폭동으로 혼란을 겪던 한인 사회를 취재하여 중편 소설 「13월의 이야기」를 쓰기도 했다. 뉴욕 주립대 스토니브룩 캠퍼스, 애리조나 주립대학, 어바인 대학, 샌프란시스코를 중심으로 한 한인 문학 단체 등에서 여러 차례 강연과 시 낭독을 한다. 샌프란시스코 갤러리에서 '멕시코의 화가 프리다 칼로와 그 남편 디에고 리베라 전'이 열려 몇 번이고 그 그림을 보기 위해 바트를 타고 샌프란시스코로 건너갔다.

1998년 1월부터 1999년 1월까지 미국 어바인 캘리포니아대학교 한국학과 전임강사를 지낸다. 캠퍼스에 숲이 있다기보다 숲 속에 캠퍼스가 있다고 할 정도로 나무가 많은 대학과 도시 전체가 숲과 호수로 뒤덮여 있는 아름다운 곳에서 생활한다. UCLA 동아시아 어문학과와 LA를 중심으로 한 다수의 한인 문학 단체에서 강연과 시 낭독을 한다. 그 해 여름, 가족이 함께 뉴멕시코의 산타페로 여행을 한다. 분홍빛 사막의 지평선과 지천으로 핀 사막의 야생화들에서 대지의 사랑을 발견한다. 옛 총독부 앞 노점상에서 조개 목걸이와 모래 그림, 담요 등을 파는 인디안 여인들에게서 혈연과 같은 친근감을 느낀다. '스카이 파더, 마더 어스'라는 카페에서 온 가족이 함께 차를 마시고, 산타페에서 혼자 살며 그림을 그렸던 신비주의 여성화가 조지아 오키페의 기념관에 들러 그녀의 그림들을 본다. 오키페의 그림에도 자주 등장하는, 산타페 사막에 떨어져 햇빛과 바람에 하얗게 탈골된 '(버팔로) 소 머리뼈'를 사왔는데 잦은 이사로 분실되었다. 여성성을 꽃으로 치환하여 그린 그녀의 몽환적 그림에서 슬픔과 초현실주의의 힘이라는 시 문법을 생각한다. 과거로 살고 있는 현대의 인디안 여인들의 삶을 본 뉴멕시코 체험에서 탈식민주의적 페미니즘에 관한 어렴풋한 생각을 갖게 된다. 미국에서 지낸 몇 년 동안 미국 서부 특유의 자유로운 분위기와 지적인 모험에 심취하고 약자인 흑인이나 여성, 소수 인종들이 자기 목소리를 내는 것에 깊은 감명을 받아 '평등을 위해 싸울 줄 아는 사람만이 꿈꿀 자격이 있다'는 생각을 하게 된다. 캘리포니아 대학에서 가르치던 시절에는 소설을 많이 쓴다. 그곳에 사는 많은 교포들을 보면서 한국 현대사가 개인의 삶에 침투되어 있는 양상에 흥미를 느끼고 그것을 소설로 써낸다. 소설을 쓰면서 타인들의 목소리에 관심이 높아지고 친구들도 많이 사귀게 된다. 이 때 창작한 결과를 1997년 소설집 『산타페로 가는 사람』, 1999년 장편소설집 『왼쪽 날개가 약간 무거운 새』로 내놓는다.

1999년 3월 귀국하여 서강대학교 문학부 국어국문학과에 교수로 부임한다. 2000년에는 일곱 번째 시집 『빗자루를 타고 달리는 웃음과 산문집 『너를 만나고 싶다』를 출간한다. 2006년에는 여덟 번째 시집 『냄비는 둥둥』으로 한국문화예술위원회에서 주관하는 '올해의 예술상' 시 부문을 수상한다. 연구 저서로 1998년 『이상시 연구』, 2001년 『현대시 텍스트 읽기-구조주의에서 탈식민주의까지』와 『현대시 교육 연구』, 2008년 『코라 기호학과 한국시』 등도 지속적으로 출간한다.

김승희에게 여성에 대한 관심과 여성의식은 계속 확장된다. 대학에서 '현대시'와 '여성과 문학' 등을 강의하면서 뛰어난 '여성주의시'를 모은 책이 필요하다고 느껴 2001년에는 한국과 외국 여성시인들의 시에 해설을 붙여 엮은 시 해설서 『남자들은 모른다』를 출간한다. 2003년에는 페미니즘 실현에 기여한 여성에게 격년으로 수여하는 '고정희상'의 제2회 수상자가 되었다. 같은 해 '여성'의 입장에서 경험하고 느끼고 사유한 것들을 산문과 미술작품을 통해 이야기한 산문집 『김승희 윤석남의 여성이야기』를 출간한다. 2006년에는 신화 속 대표적인 여성인물인 '바리공주'를 소재로 한 동화 『바리공주』를 내놓기도 한다. '여성 생존'과 '가족 생존'에 얽힌 애환의 풍경을 담은 산문집 『그래도라는 섬이 있다』를 김점선의 그림과 함께 엮어낸다.

김승희의 삶은 여성의 정열적인 생애 앞에 흔히 붙는 수사 '불꽃같은'으로도 포괄할 수 없을 정도로 강렬하다. 그녀는 '불꽃'의 순간적 작열과 비교할 수 없을 만큼 오랜 세월 동안 삶과 문학의 열도를 유지해왔다. 그녀의 생은 불꽃보다는 용광로처럼 끝없이 타올랐다. 등단 이전까지의 시기가 용광로에 쇳물을 모으듯 지적인 모험과 야성적 충동으로 가득했다면 등단 이후는 그간 축적된 에너지로 다양한 문학의 주물을 쉼 없이 만들어 온 과정이라 할 수 있다. 담금질이 잘 된 주물이 단단하듯이 그녀의 문학은 뜨거운 열정과 더불어 차가운 이성으로 단련되어 시대와 유리되지 않고 선명한 의미를 형성해왔다. 여성 문인으로서 그녀는 초기의 자연발생적인 경험의 차원에서 출발하여 점차 의식적이고, 전체적인 차원으로 자신의 영역을 확장해가면서 뚜렷한 족적을 보여준다. 김승희 시의 변모는 우리 여성시사의 변모과정을 함축할 정도로 대표성이 강하다.

제2장

여성의식의 변모와 여성적 발화의 방식

1. 죽음의 부정과 초월의식

김승희는 전남 광주에서 출생했다. 광주는 그녀의 시에 운명적이고 암시적인 동력을 제공한다. 그녀의 초기 시에 두드러지는 강렬한 태양의 이미지는 '빛고을' 광주의 문학지리적 내포와 상통하는 바가 있다. 1980년대 광주에서 발생한 정치·사회적 사건 또한 그녀의 시가 사회적 관심을 확대하는 중요한 계기가 된다. 광주는 어렸을 때부터 민감한 자의식을 보이던 시인이 유년기와 사춘기를 보냈던 곳으로 그녀의 문학에서 근원적 장소를 이룬다.

고등학교 때부터 그녀의 서울 생활이 시작된다. 숙명여고를 졸업하고 서강대 영문과를 입학하기까지 그녀의 문학에 대한 열정은 존재의 이유라 할 만큼 강렬하게 지속된다. 1973년 『경향신문』 신춘문예에 「그림 속의 물」이 당선되면서 그녀는 매우 이른 시기에 등단을 한다.

1979년 첫 시집 『태양미사』를 내고 4년 후인 1983년 『왼손을 위한 협주곡』을 내놓으며, 이 1기시에서 시인은 자신만의 분명한 개성을 보여준다. '태양'과 '불'의 이미지가 압도하는 강렬하고 환상적인 세계, 삶과 죽음의 존재론적 비의를 포착하려는 열망, 폭발적인 언술의 마력 등 그녀의 시는 기존의 시에서 보기 힘들었던 새로운 면모들을 드러낸다.

1) 태양의 절대화와 이상을 향한 열정

김승희의 1기시는 '태양'에 경도되어 있던 시인의 내면을 확연하게 반영한다. 첫 번째 시집은 제목부터 '태양미사'이며, 거의 전편이 태양을 소재로 하고 있다. 두 번째 시집에서도 태양의 이미지는 여전히 빈번히 출현한다. 많은 상상이 태양의 이미지와 결합하여 '태양병(病)', '태양경(鏡)', '태양풍(風)' 등의 신조어를 낳기도 한다. 그녀는 우리 문학에서 유례를 찾기 어려울 정도로 강한 향일성(向日性)을 보이며 개성을 발산한다.

　태양에 대한 절대적인 신봉을 드러내는 만큼, 시인에게 태양은 순결, 자유, 생명, 쾌속 등 많은 이상의 정점을 상징한다. 태양은 현실과 반대편에 놓인 이상적 세계에 대한 시인의 낭만적 동경을 반영한다.

　　어둠이 태양을 선행하니까
　　태양은 어둠을 살해한다.
　　현실이 꿈을 선행하니까
　　그리고 꿈은 현실을 살해한다.
　　구름의 벽 뒤에서
　　이제는 태양을 산책하는 독수리여,
　　나는 감히
　　신비스런 미립자의 햇빛 파장이
　　나의 生을 태양에 연결시킬 것을
　　꿈꾸도다.

—「태양미사」 부분

　표제시인 「태양미사」에서 태양과 어둠의 대립은 극명하게 나타난다. 태양은 어둠과 현실의 부정적인 운행을 막고 생의 질서를 주도하는 절대적인 힘이다. 화자가 태양에 귀의하는 삶을 꿈꾸는 것은 "生이 안개의 먹이로 환원되는 것을" 바라지 않고 "살기 위해 더 많이 사랑할 것을" 바라기 때문이다. 태양의 강렬하고 영원한 운행은 어둡고 모호한 현실을 넘어 더 밝고 활기찬 생명을 꿈꾸게 한다. 어둡고 부정적인 현실 너머에 초월적인 이상의 세계가 있다는 이러한 인식은 시인이 이끌렸던 낭만적 세계관을 드러낸다. 현실에 대한 부정과 저항이 클수록 이상을 향한 동경은 증폭된다. 1기시에서 두드러지는 태양에 대한 강렬한 이끌림은 시인의 이러한 심리와 일치한다. "질서를 향한 신성한 열망 바로 그것이었다. 그것 때문에 나는 인생은 고해라고 바로 그 바닷가에서 울면서 삶의 야만성을 힐난하고 있었다. 나의 조야한 환경, 잔혹한 환경의 야만성에 압사당하지 않기 위해서는 노래부르는 수밖에 다른 도리가 없었다. 왜냐하면 시인이 노래를 부르면 바로 그 노래가 시인의 유일한 현실이 되는 것이므로"[31]에서 고백하듯, 삶의 야만성과 불안에 저항하기 위해 그녀는 "질서를 향한 신성한 열망"에 사로잡힌 것이다. 어둡고 잔혹한 현실 너머에 존재하는 영원한 질서에 대한 열망을 노래하는 것이 시인이 도달할 수 있는 새로운 현실임을 자각하고 그러한 시에 몰입한다.

그녀의 1기시는 현실과 이상에 대한 이분법적 사유로 인해 상당히 관념적인 성향을 띠지만, 관념의 나열에 그치지 않고 감각적인 이미지들을 산출한다.

　　돌아오는 馬車엔

햇님의 머리칼.

눈부시게 타오르는 요정들의 옷자락.

—「햇님의 사냥꾼」 부분

…… 샤갈은 어디에 있을까 …… 어린 모짤트와 …… 金빛

해안에서 …… 흰 맨발을 벗고 …… 머리칼을 풀르고 …… 옷깃도

나비처럼 다 …… 풀르고 …… 꿈처럼, 연기처럼, 色안개처럼

—「모짤트 主題에 의한 햇빛 風景 한 장」 부분

아이들은 太陽을 그리고 있었다.

황금빛 태양을 화판 가득히 넘쳐나게 하고

그리고 파란 크레용으로 그린

저 푸른 들의 들판.

그곳에 말(馬)들은 뛰놀고

바닷물은 금빛으로 타오르고 있었다.

—「나의 馬車엔 고갱의 푸른말(馬)을」 부분

그녀의 시에서 태양의 이미지는 매우 밝고 감각적으로 그려진
다. 태양은 '금빛'과 같은 밝고 화려한 색채이미지로 표현되어 선
명한 인상을 준다. 위의 시들에서는 동화적인 천진한 상상력과
속도감 넘치는 상상력이 태양을 향한 시인의 "신성한 열망"을 드
러낸다. 절대적인 숭배의 태도와 화려한 상상력의 결합은 종교

에 가까울 정도로 시인이 몰입했던 태양의 영향력을 가늠할 수 있게 한다.

시인의 상상력 속에서는 태양과 관련되는 많은 이미지들이 선명하게 작동한다. 그 중에서 대표적인 것은 '금빛 말', '불새', '이카루스' 등의 환상적이고 신화적인 이미지들이다.

"다시 태어나면 / 가장 빨리 달리는 태양의 말(馬)이 되고 싶다."고 할 정도로 시인은 말의 속도감에 도취한다. "가장 빨리 달리는 태양의 말(馬)"은 "日常의 간막이를 뛰어넘어" 태양의 세계로 비상할 수 있게 하기 때문이다.

'불새' 역시 '태양의 사인(使人)'으로서 시인의 각별한 관심을 일으킨다. "어느 하늘 아래인 듯 / 불새깃을 주웠다. / 소중하게, 아주 소중하게 / 오, 불새를 본 사랑하는 사람들에게 / 運命은 좀더 견디기 쉬울 것인가?"(「태양미사」)에서처럼 '불새'는 사랑과 희망의 증거이다. 불새의 존재에 대한 믿음은 사악한 운명에 대한 저항의 힘과 같다. 불새는 환상처럼 스쳐지나가지만 단 한번이라도 눈동자에 아로새겨지면 부적 같은 운명의 힘을 발휘하리라는 믿음을 드러낸다.

태양의 영원성을 향한 시인의 절대적 지향은 '이카루스'의 운명을 연상시킨다. 미지의 세계를 향한 무모한 도전의 대명사가 된 이카루스의 운명을 시인은 결코 비웃지 않는다. 「이카루스의 잠」에서 시인은 오히려 도전의 의지를 상실한 지상의 삶을 탄식한다. 이카루스의 신화를 변용한 이 시에서 '새들의 임금님'은 지상의 아이들에게 이카루스와 같은 모험을 제안한다. "태양 가까이 날아 / 날개가 불태워져버린 아이에게만 / 不滅의 날개를 주겠다"는 말에 지상의 어느 누구도 반응하지 않는다. 불멸의 날개를 얻기 위해서는 태양 가까이 날아야하지만 아무도 그런 모험을 감행하지 않는다. "이카루스만이 영원하다"는 비밀이 지상에서는 전혀 알려져 있지 않다. 시인은 이카루스의 무모한 도전을 불신하는 지상의 논리를 좇지 않고 그 도전의 열정을 동경한다.

시인이 도달하고자 하는 영원성은 지상의 차원을 넘어서는 곳에 존재하며 이성이 아닌 신념의 영역과 관련된다. 그것은 "심령을 불태우는 자는 무궁하리니 / 태양이 저의 것이라"(「태양성서」)에서처럼 혼신을 다해 다가갈 때 영원성에 도달하는 종교적 체험과 비슷하다. 영원성에 대한 강렬한 동경을 지니는 시인의 종교적 성향은 태양의 절대성과 무궁한 생명력에서 자신의 지향점을 발견하고 신앙을 행하기에 이른다. "무섭게 고행을 시작하고 싶다 / 폭양은 나의 / 신당이기에"(「폭양의 집」)라는 고백처럼 시인은 태양에 대한 절대적 숭배와 강한 믿음, 고행의 태도 등에서 태양신도로서 부족함이 없는 면모를 보인다. "태양과 / 죽음과 / 내가 맞서는 절대화음 // 아무도 결코 물러서지 않아서 / 하는수 없이 신탁이 내린다 // 그런 절창을 부르고프다"(「신비 화음」)는 바람은 대제사장의 그것을 연상시킨다. 시인으로서의 그녀의 자의식에는 접신의 경지에 이르는 절창을 창조하려는 욕망이 내재해 있다.

태양에 대한 이러한 강렬한 지향은 우리문학에서 유례를 찾기 어렵다. 시인은 자신의 강한 열정과 구체적 심상을 표현하기 위해 '금빛 말', '불새', '이카루스' 등의 신화적인 이미지들을 차용한다. 인류의 오랜 원형적 심상 속에서 태양의 강력한 힘과 아름다움과 관련되어온 이미지들이다. 이런 신화적이고 환상적인 이미지들을 활용함으로써 시인은 태양을 향한 자신의 절대적 지향과 뚜렷한 심상을 표현해낸다.

첫 시집에서 태양과 관련된 서구 취향의 신화적 이미지를 많이 보여주었던 시인은 두 번째 시집에서는 보다 토속적인 이미지를 산출한다.

東녘은 많지만
나의 태양은 다만 무등위에서 떠올라라

나는 남도의 딸,
문둥이처럼, 어차피, 난,
가난과 태양의 혼혈인 걸,

— 「남도唱」 부분

희디흰 폭양 속에선
어디선가 사물놀이패들 노는 소리,
징, 바라, 장고, 북
징, 바라, 장고, 북

어디엔가 원한의 무지개들 세우는 소리,

들립니다,

신비로와라,

삶의 무늬와 태양의 무늬가

어느 허공중에 가벼이 부딪쳐

저리도 찬란한

색채의 거울을 세움이여

— 「태양의 면죄부」 부분

　시인이 태양의 이미지에 남도의 향토와 정신을 결합시키게 된
것은, 직접적으로는 1980년의 광주 혁명과 관련되고, 이와 함께
자신의 근원에 대한 자각에 기인한다. "가난한 사람들의 얼굴 위
에 / 妖火처럼 / 이글거리며 피어나던 / 붉은 햇덩어리를 보았"던
시인은 그들의 염원과 자신이 그토록 열망했던 생명과 자유와 이
상을 일치시킨다. 천형과도 같이 가난과 태양에 이끌리는 남도사
람들을 통해 자신을 태양과 이어온 깊은 뿌리를 자각한다. 또한
자신이 간절히 부르고 싶었던 절창이 "가락과 신명의 혼혈"인 남
도의 노래와 무관하지 않음을 인식한다. "희디흰 폭양"과 어우러
져 작렬하는 사물놀이패의 소리는 시인이 그토록 희구했던 절정
의 소리에 가깝다. "삶의 무늬와 태양의 무늬"가 어우러진 "색채
의 거울"은 시인으로서 그녀가 도달하고자 하는 지점을 감각적으

로 재현한다. 폭양처럼 뜨겁고 진한 삶이 "원한의 무지개"가 되기까지의 서럽고 쓰라린 시간이 절창에 이르는 고난과 중첩된다.

태양에 대한 시인의 남다른 이끌림은 삶에 대한 뜨거운 열정과 이상에 대한 치열한 도전의 정신에 기인한다. 삶의 영속성과 순수한 이상을 향한 시인의 지칠 줄 모르는 에너지는 1기시에서 태양에 대한 절대적인 신념으로 표출된다. 시인은 신화적이고 근원적인 심상을 통해 태양의 아름다움과 절대적인 힘에 다채로운 감각을 부여한다. 태양의 신탁에 이를 절창을 꿈꾼 시인은 우리 문학사에서 보기 드문 힘과 열정의 시로서 강렬한 인상을 남긴다.

2) 죽음의 충동을 넘어서는 모성적 삶의 의지

김승희의 1기시에서 '태양'의 이미지와 함께 가장 많이 나타나는 것은 '촛불'과 '꽃'의 이미지이다. 태양이 이상을 향한 강한 열망을 드러내는 심상이라면, '촛불'과 '꽃'의 이미지는 현실과 이상의 대립과 긴장을 내포한다. '촛불'과 '꽃'은 작은 태양이라 할 수 있을 정도로 태양과 상통하는 성질과 형태를 보유한다. "불·공기·빛과 같이 모든 상승하는 것에는 똑같은 성스러운 것이 존재한다. 이와 같은 펼쳐져 있는 꿈의 모든 것이 꽃의 존재에 있어서, 없어서는 안 될 부분이다. 꽃피는 존재의 생명의 불꽃은 순수한 빛의 세계를 향한 긴장이다"[32]라는 말에도 나타나듯, '촛불'과 '꽃'은 꿈을 향해 상승하는 의지를 상징한다. 따라서 이 이미지들을 통해 지상에서 태양을 향한 열정적 삶이 실현될 때의 실질적이고 구체적인 양상을 살필 수 있다.

김승희의 시에서 '촛불'은 태양을 향한 염원으로 타오르는 의지적 삶에 부여된 가장 인간적인 형상이다. 간절한 기원을 위한 도구이며, 직립한 채 바람에 흔들리는 촛불의 특성은 여러 가지면에서 위태롭게 서서 기도에 몰입하고 있는 여성의 모습을 연상시킨다.

울고 있구나, 불아, 너는 왜 항상 벼랑 위에 서 있니? 말해봐, 촛불아, 바람은 부는데 ……

가장 푸른 자오선을 목에 걸고 여자들이 벼랑 위에 서 있다, 말해봐, 불아, 누가 나를 벼랑으로 부르는지 …… 어둠이 가득찬 내 척추의 흰 뼈에 누가 자꾸만 한덩어리 촛불을 당기는지 ……

오늘, 여기에선, 가장 숨죽인 소리들이 들려온다, 상여소리 바라소리 피리소리 요령소리 …… 오늘, 여기에서, 벼랑의 태양의 갈기를 달고 …… 해는 하늘에도 있고 강물에도 있어서 …… 천지의 맞닿음이여, 바라의 부딪침이여 …… 햇덩어리 물덩어리 마음덩어리들이 부딪쳐 …… 피톨속에 피어나는 일만 덩이의 바라의 태양꽃들을 너는 보았

느냐 …… 목숨이여 …… 핏속으로 부풀면서 터지는 희디흰 두견의 피
여 ……

　삶이 시작되는 곳에는 늘 언제나 벼랑이 있지, 눈먼 사랑, 치렁치렁
흘러가는 유황의 죽음의 물 …… 말해봐, 불아, 누가 저 태양의 바라를
흔드는지, 삶이 시작되는 곳에는 왜 늘 벼랑이 있고, 벼랑에서 추는 춤
만이 왜 홀로 아름다움의 갈기를 가졌는가를 ……

─「낙화암 벼랑위의 태양의 바라의 춤」 전문

　'촛불'은 '태양'과 마찬가지로 강렬한 삶의 의지를 내포한다. 그
러나 '태양'의 이미지가 갖는 절대적이고 강한 에너지에 비해 '촛
불'은 그것을 향한 인간적인 열망의 간절함이나 성취의 지난함과
관련된다. 이 시에서 벼랑 위에 서 있는 촛불은 인간적인 열망의
위태로우면서도 의지적인 자세와 상통한다. 이 시에서 촛불은
특히 여성적인 이미지로 그려진다. 벼랑 끝에 서서 간절한 기도
를 올리고 있는 여자들의 가냘픈 자태와 바람에 흔들리는 촛불은
자연스럽게 동일시된다. 여성과 촛불은 정적이고 유약하면서도
간절한 염원과 지속적인 의지를 보여준다는 점에서 유사하다.
　이 시에서 촛불과 여성이 처한 상황은 삶과 죽음이 맞붙어 있
는 극적인 장면이다. "상여소리 바라소리 피리소리 요령소리"와
"일만 덩이의 바라의 태양꽃들"이 혼용되어 있는 이 장면은 삶과
죽음의 장렬하고 역동적인 움직임을 드러낸다. 이는 삶과 죽음,

창조와 파괴가 뒤섞여 있는 시바의 춤처럼 모순된 진리의 오묘한 경지를 연상시킨다. "삶이 시작되는 곳에는 왜 늘 벼랑이 있고, 벼랑에서 추는 춤만이 왜 홀로 아름다움의 갈기를 가졌는가"라는 질문에는 생과 사에 대한 존재론적인 성찰과 궁극적인 삶의 태도가 함축되어 있다. 삶은 늘 벼랑처럼 위태롭고 죽음과 한 몸처럼 맞닿아 있다.

삶과 죽음이 위태롭게 공존하는 촛불은 종종 긴장과 황홀의 상태로 표현된다. "촛불이 이 세상에 만드는 / 어둠의 공백을 바라보고 있노라면 / 모든 벽은 門이 되고, / 이해할 수 없게도 / 고문의 노래는 / 황홀한 불속에 작열합니다"(「태양성서」)에서 촛불은 어둠과 빛, 벽과 문, 고문과 황홀이 혼융되어 있다. "하얀 무지개, / 전신에 온통 흰 멍이 들어서 // 침묵으로 견디며 / 채찍을 맞고 있는 사람처럼 // 화려하여라"(「촛불」)에서도 무지개와 멍, 침묵과 채찍, 단조로움과 화려함이라는 상반된 이미지가 결합되어 있다. 불안하게 일렁이는 촛불의 움직임은 삶과 죽음의 위태로운 경계를 암시하며 긴장감 속에서 그 신비를 엿보게 한다.

김승희 초기시에서 촛불의 이미지가 삶과 죽음의 긴장 관계를 내포하고 있는 것에 비해 꽃의 이미지는 죽음 쪽에 경도되어 있다. 꽃의 이미지 중에서 가장 생명의 상태에 가까운 붉은 꽃조차 "매우 탐미적인 / 어떤 멸망의 잔인한 점괘"(「붉은 종양」)를 암시한다. 붉은 꽃의 찬란함은 곧 다가올 소멸의 전조일 뿐이다. 조용히 져가는 꽃들은 목숨이 다해가는 환자들의 이미지와 병치되며 때

로는 귀신 들린 상태를 연상시키기도 한다. 그녀의 시에서 꽃은
생명이니 아름다움이니 정념이니 하는 일반적인 내포와 거리가
멀다. 꽃은 병과 광기와 죽음의 은유이다.

> 낮잠처럼 큰 목련꽃 그늘 속엔
> 저승의 말들이 들어있다
> 은박의 꽃송이들이 터질 때마다
> 희디흰 동그라미를 뚫고
> 차디찬 전류가 머릿속을 흘러갔다
> 아득한 백야는 너무나 눈부셔서
> 오히려 캄캄했다
>
> ─「봄, 봄」부분

　이토록 죽음에 가까운 봄의 이미지는 찾아보기 힘들 것이다.
목련의 흰 빛은 '은박'의 광물성을 띠며 '차디찬 전류'와 연결된다.
그것은 까마득히 먼 곳으로부터 오는 아득한 느낌으로 죽음에 대
한 감각을 촉발한다. 죽음의 세계와 잇닿은 '차디찬 전류'는 "와들
와들 몸떨리는 / 상여종이꽃, / 흑백의 무지개에 서있는 아이들
……"의 환상을 불러온다. "에밀레 꽃송이들 …… / 참 많이 피어
있다 …… // 바람에 스치울 때마다 / 어머니 …… 어머니 …… /
요령소리를 낸다 ……"(「웃는 꽃밭」)에서도 어린아이의 죽음과 연
관된 꽃의 이미지를 만날 수 있다. 연약한 생명의 안타까운 죽음

이 야기하는 극적 비애는 꽃의 비유를 통해 한층 예리한 감각으로 표출된다. 아이를 잃은 화자의 비통한 심정은 봄의 새 생명에서 죽음의 그림자를 만날 뿐이다.

꽃송이가 피어나서 시들듯 그렇게 쉽게 져버린 어린 목숨은 삶과 죽음의 속절없는 엇갈림을 극화한다. "태양의 갈기를 단 / 애총같은 꽃송이들 …… / 혈혈단신 …… 눈물처럼 피어나는 …… / 어느 혼불들의 …… 엇갈림의 핏방울들 ……"(「에밀레 별」)에서 꽃은 태양의 혼을 지니고 났지만 생사의 엇갈림으로 죽음의 숙명을 피할 수 없는 비극적 존재이다. 잦은 말줄임표는 눈물처럼, 흐느낌처럼 비탄에 젖은 모정을 드러낸다.

삶과 죽음의 부박한 전이에 저항하며 죽음으로 죽음에 맞서려는 의지가 드러나는 점도 눈에 띤다. 시집의 도처에서 "떠나는 건 쉬워 // 처음엔 왼발을, / 그 다음엔 / 오른발, / 그리고 슬쩍 몸을 날리는 거야, / 애욕처럼 진하게 / 두 눈을 감고"(「자살자의 노래」)와 같은 죽음의 상상을 만나기는 어렵지 않다. "내 몸의 모든 세포들에게, / 시시한 추억들, / 못잊을 가족들에게 / 이것저것 유품을 나누어놓고 / 이것이 최후라고 단호히 선언"(「유서를 쓰며」)하기도 한다. 한편 한편의 시가 죽음과의 맞대결을 벌이는 듯 처연한 선언들로 채워진다. 이상과 현실의 간극에 절망하고 죽음의 위용에 대립하는 의지가 강렬하게 표출된다.

그런데 습관처럼 반복되는 죽음과의 대결의 끝에는 다음과 같은 기억이 버티고 서서 시인의 에너지를 삶 쪽으로 되돌린다.

이제야 생각납니다.

기역 니은 디귿! 하고

어머님께 매를 맞으면서

처음 글씨를 배웠던 일이,

첫애를 낳을 때의

그 무시무시한 고통과

현란을 극한 사랑의 고마움이,

번개처럼 일어나

창문을 열어봅니다,

달빛이 初雪처럼 흘러내립니다,

나의 해골을 집어들고

달빛을 한바가지 가득 떠서 마십니다,

고해를 하고 성찬을 받은 것처럼

목숨이 더없이 맑아진 것 같습니다

— 「유서를 쓰며」 부분

　　죽음의 목전에 이르는 순간 가장 강력하게 그녀를 사로잡는 것은 어머니의 사랑과 헌신의 기억, 그리고 어머니로서 자신의 삶이 시작되던 순간이다. "현란을 극한 사랑"의, 이 강인한 연대가 죽음을 넘어서는 삶의 충동으로 그녀를 이끈다. 탄생과 성장의 과정 내내 시인의 가장 원초적인 기억을 차지하고 있는 어머니는 삶과 사랑과 운명이라는 해명할 수 없는 원죄의 열쇠를 쥐고 있다. "아, 어머니라고 불러보면 바닷가를 울면서 걸어가는 한 여인이 떠오릅니다, 그녀의 슬픔 그녀의 사랑 그녀의 절망을 따라 나의 배꼽은 또 하염없이 시원의 태 속으로 적셔 들어가고, 어머니 자비와 저주의 비밀구좌이신 어머니 나의 어머니시여 ……"(「배꼽을 위한 연가(1)」)에서 고백하듯 그녀의 어머니 역시 슬픔과 절망의 심연에 이르렀지만 사랑과 헌신의 일념으로 살아온 것이다. 시인은 자신의 어머니를 통해 '자비'와 '저주'라는 운명의 양날을 짊어지고 살아야하는 어머니로서의 삶이 얼마나 지극한 것인지를 통감한다. 또한 그 운명이 자신에게 이르는 강렬한 연대를 자각한다. '배꼽'은 그러한 연대의식의 물질적 증거이다. "그대의 서러운 배꼽도 나의 배꼽과 똑같이 부끄러운 죄와 어리석은 욕망이 고불고불 서리서리 끼어있을 테지요"(「배꼽을 위한 연가(1)」)에서와 같이 배꼽은 탄생의 근원에 자리잡고 있는 원죄가 보편적인 운명의 원리라는 증표로 인정된다. 만민에게 평등한 배꼽은, 태어난 이상 슬픔과 사랑과 절망과 같은 삶의 질곡을 지나야 하는 인간적 운명을 인정하게 한다.

그렇게 자신을 둘러싼 가장 원초적인 삶의 원리를 확인한 시인은 죽음의 충동을 넘어서 삶의 의미를 재확인하게 된다. 이는 자신의 모성적 계보에서 강한 억압을 느낄 뿐 동일시의 모델을 발견하지 못한 실비아 플라스가 자살로 생을 마감한 것과 대조적이다. 김승희 역시 가부장적 질서에 순응해온 전통적인 모성에 대해 회의적이었지만 모성 자체를 거부하지는 않는다. 그녀는 막연한 모성 공포증에서 벗어나 어머니로서, 또 딸로서 마땅한 삶의 방향을 모색한다.[33] 죽음의 유혹을 벗어난 자아에게 세계는 새롭게 다가온다. 초설처럼 흘러내리는 달빛을 자신의 해골에 담아 마신다는 상상은 깨달음을 얻은 직후의 원효를 연상시킨다. 극심한 번뇌와 분별의 혼돈을 넘어선 자아는 새롭게 태어난다. 슬픔과 고통이 죽음의 충동에 이르게 하기보다 삶의 의지를 촉발시킨다. 고통의 원천인 인연의 사슬을 부정하지 않고 사랑의 동력으로 삼는다.

> 철도길에 나와앉아 생각해 봅니다 ……
> 근심처럼 절실하게
> 사랑하는 사람들을,
> 인연의 십자가에 못박혀 가면서도
> 내 너를 알지 못한다고
> 말할 순 없습니다 ……
>
> 燐光의 부호들이 긴 선을 그으며
> 흘러떨어집니다 ……
> 누군가 지금
> 죽고있는 모양입니다
> 謹弔 등불이
> 돌아오는 나의 길을 밝혀줍니다 ……

그리하여 짧은 우리의 사랑은

절망 속에 더욱 결속됩니다

―「검은 오선지」 부분

　슬픔과 절망은 삶을 배워가게 하고 사랑을 발견하게 한다. 슬픔과 절망이 깊어질수록 사랑은 더욱 절실해진다. 인연의 십자가에 못 박혀 가는 자신을 부정하기는 힘들다. 사랑은 죽는 순간까지 절망 속에서 지속된다. 아니 절망적인 삶 속에서 사랑은 더욱 절실해진다. 근조 등불이 나의 길을 비춰주듯이 타인의 죽음은 삶과 사랑의 절실함을 더욱 강렬하게 각성시킨다.

　죽음으로부터 삶으로 선회하는 이러한 과정에는 여성으로서의 자각이 자리잡고 있다. 탄생과 죽음의 고리는 '배꼽'이 상징하는 엄연한 인연의 물질성과 맞닿아 있으며 그것은 출산과 양육이라는 여성적 삶과 분리시켜 생각하기 힘들다. 죽음보다 강한 삶의 의지를 깨닫는 데는 어머니가 보여주었던 "철천지의 사랑"(「어머니가 나에게 가르쳐주신 말」)과 "현란을 극한 사랑"으로 감내했던 출산의 체험이 작동한다. 이러한 여성적 경험을 통해 시인은 삶이 죽음보다 무겁고 사랑이 절망보다 절실함을 각성한다.

3) 환상과 격정의 여성적 어법

김승희의 1기시는 이상을 향한 강렬한 동경과 현실의 고통 사이에서 극심하게 동요하는 예리한 자아의 ˙육성을 담고 있다. 이상세계에 대한 환상을 그릴 때나 참담한 현실을 그릴 때나 주관적인 서술방식이 두드러진다. 시인은 자신의 감정 상태에 몰입하여 격렬한 어조로 그것을 분출한다. 이는 시인 자신의 영혼을 세계와 일치시키는 낭만주의적인 태도에 가깝다. 그녀의 1기시에는 "낭만주의 사상의 주축을 이루는 환상을 좇는 인간형과 환상의 형이상학적 의미에 대한 믿음"[34]이 자리하고 있다.

소년은 나에게 江을 그려달라고 부탁했다.
江은 깊이 깊이 흘러가
떨어진 사과를 붙이고
싹트고
꽃피게 하였다.
그리고 그림엔 노래가 돋아나고
울려 퍼져
그것은 벨지움을 넘어
멀리멀리 아시아로까지 가는 게 보였다.
소년은 江을 불러

내 그림에 다시 들어가라고 말했다.

화폭 아래엔 江이 흐르고

금새 금새

환한 이마의 꽃들이 웃으며 일어났다.

―「그림 속의 물」 부분

   등단작인 이 작품에서도 환상성이 두드러진다. 합리적인 인과 관계가 무시되는 꿈처럼 이 시에서도 현실적으로 불가능한 일들이 자연스럽게 벌어진다. 강이 흘러가자 떨어진 사과가 붙고 싹 트고 꽃이 피는 환상은 동화적이고 낭만적인 상상에 가깝다. "그 림엔 노래가 돋아나고 울려 퍼져"에서는 감각의 혼종과 확산이 나타난다. 그것이 벨지움을 넘어 아시아로까지 가는 게 보였다는 진술은 환상에 구체성을 부여한다. 여기에 더해 소년이 강을 불러 그림 속으로 들어가라 하고 화폭 속에서 꽃들이 피어나는 상상이 실제처럼 펼쳐진다. 객관적으로는 납득하기 힘든 진술이지만 자신의 상상 속에서 매우 선명하게 펼쳐지는 이미지를 표현하고 있는 것이다. 담담하게 펼치는 환상의 묘사 속에서 현실적 경계, 공간적 경계, 감각적 경계들이 사라지고 상상의 작용이 뚜렷한 형상을 획득한다. 자신의 감각과 환상에 몰입하는 고도의 집중력이 특유의 환상적 서술을 낳는다.

   幻想의 연기 … 나비, 나비, 잠자리 … 조각, 조각

金빛 별들 … 물 속에는 가재와 연어가 산다 … 찬물안엔

靑魚 … 따슨 물 안엔 도미, 도미, 연본홍 도미 …

작은 돌, 돌, 돌멩이 … 한 暴風雨가 금방 나타나 검은 돌을

들어 나를 때리는데 … 던지지 마라, 던지지 마라, 물의 이마에

파란 호두를 던지면 물의 平和는 깨어지고 … 고기들은

아프단다 … 히이스, 히이스 숲, 넘어지는 늪의 꽃들 …

―「모짤트 主題에 의한 햇빛 風景 한 장」 부분

이 시는 환상 속에서 감각이 혼융되는 양상을 잘 보여준다. 시
의 제목은 모차르트의 음악이 이 시의 환상적 이미지들을 촉발시
켰음을 암시한다. 그녀의 시에서 시각적 이미지와 청각적 이미
지의 교차와 혼융은 자연스럽게 발생한다. 선율의 고저와 강약
을 따라 환상적 이미지는 끊임없이 명멸한다. 잦은 말줄임표는
연상과 연상 사이의 간극을 부드럽게 이어준다.

이렇게 환상을 분출하는 작법은 절제와 압축이 시의 고전적인
기율로 자리 잡고 있는 시단의 풍조와 달리 이례적이다. 김승희
의 환상적이며 이국적인 시에 대한, "이와 같은 그의 노력은 어디
까지나 이질적인 것으로서 수많은 어두운 시간을 헤쳐 나온 그가
낡은 것에 물들지 않은 새로운 시적 세계를 구축하기 위한 것임
을 알아야 하겠다"[35]는 평가는 한국시의 전통을 계승하기보다는
갱신하는 데 적극적이었던 시인의 시도를 인정한 데서 온다. 감
정과 감각의 적극적 표출, 장려한 서술은 우리시에서 보기 드문

열정적인 시풍을 드러낸다.

　주관적이고 개방적인 서술의 방식은 내면의 소리를 직설적으로 표출하는 데 효과적이다. "수많은 어두운 시간을 헤쳐 나온" 시인은 자신의 내면에서 용솟음치는 육성을 거침없는 숨결로 쏟아낸다. 시인은 자신의 끓어오르는 내면을 종종 '괴물'로 표현한다.

　　　　울부짖는 입,

　　　　입을 목젖까지 환히 벌리고

　　　　거울 속을 들여다본다,

　　　　목젖을 밀치고

　　　　누군가가, 아니, 무엇인가가

　　　　힘껏 나오려고 한다,

　　　　털복숭이의 손이 보이고

　　　　털복숭이의 몸이 보이고

　　　　검은 장미꽃이파리 같이

　　　　뿌리칠 수 없는 눈동자가 보이고

　　　　보이는 것들은 무슨 엄청난 힘으로

　　　　오히려 입술을 잠궈버린다,

　　　　말해요 그것은 명한다,

　　　　말하라 그것은 다그친다,

　　　　말하세요 그것은 회유한다,

말해주세요 그것은 애걸한다.

자음과 모음과 구절과 문장들은
오장육부 속에서 꾸룩거리고
아직 무지한 그것들은
온통 소리소리로 난장을 친다,

—「魔의 말〔言〕을 찾아서」 부분

　이 시에서 매우 역동적으로 표현하고 있듯이, 시인은 자신의
내면에서 튀어나오려 하는 괴물과 같은 '말'의 존재를 뚜렷하게
자각하고 있다. '털복숭이'의 야성적 언어와 그것을 잠가버리려
는 '엄청난 힘'의 대립은 금지된 것과 억압적인 힘 사이의 긴장 상
태를 나타낸다. 이는 줄리아 크리스테바의 '압젝션(Abjection)'을
연상시킨다. 압젝션은 정체성, 질서, 안정성을 어지럽히는 충동
의 기원이다. 주체의 육체적 기능에서 추방된 이것은 결코 완전
히 소거되지 않고 주체의 정체성, 뚜렷한 결속과 안정성을 위협
하고 소멸시킬 수 있다. 이 '억압된 것들의 귀환'은 사회적으로 받
아들여지지 않는 성적 욕망의 형태 뿐 아니라 예술, 문학, 지식처
럼 순화되고 사회적으로 승인된 행동에도 수반된다. 이것은 깨
끗함과 더러움, 적절함과 부적절함, 질서와 무질서 사이의 분명
한 경계가 불가능함을 입증한다.[36] 이 시의 '털복숭이'는 혐오스
러우면서도 '검은 장미꽃이파리' 같은 기묘한 매력을 지녔다는

점에서 압섹트의 다면성을 내포한다. 시인은 자신의 내면에 갇혀있던 거칠고 위험한 언어가 솟아오르는 순간을 이 괴물에 대한 구체적인 상상으로 드러낸다. 내면의 소리가 명령하고 재촉하고 회유하고 애걸하며 자신의 육신을 점유하고 무질서하게 꿈틀거리며 솟구치는 느낌을 그려낸다.

정신과 육체, 성과 속, 질서와 무질서의 경계를 넘나드는 이러한 감각은 출산이라는 여성으로서의 체험에서도 흡사하게 나타난다. "짐승처럼 짐승처럼 지금 우리가 / 온몸을 물어뜯으며 울부짖는 것은 / 스님이 영혼을 구하기 위하여 / 다비의 불바다 속으로 들어감과 같습니다"(「여인 등신불」)는 출산의 고통을 적나라하게 드러낸 장면이다. '짐승' 같은 육체성으로 대면해야 하는 출산의 순간은 역으로 가장 성스럽고 창조적인 시간이기도 하다. 이 순간에 성과 속이, 생과 멸이 한 덩어리를 이루는 존재의 전이가 일어난다. 여성으로서 자신이 경험하는 육체적 감각에 충실하게 반응하면서 시인은 자신만의 독특한 정서와 어법을 획득한다. 자신의 육체와 내면에서 솟구쳐 나오는 이질적이고 야성적인 소리를 수용하여 새로운 시법을 창출한다.

질서와 안정을 거부하고 억압되어 있던 자신의 본성을 발견하면서 그녀의 시는 폭발적인 에너지를 분출하게 된다. 전통시학의 고전적 규범에서 벗어나고 여성으로서의 자신을 자각하는 것 외에 자신의 근원을 직시하면서 그녀의 시는 더욱 분명한 자기 세계를 구축하게 된다. "나는 남도의 딸, / 문둥이처럼, 어차피,

난, / 가난과 태양의 혼혈인 걸,"(「남도唱」)에서 드러나듯 시인은 핍박 받아온 자신의 본향과 자신의 존재를 일치시킨다. 문둥이처럼 천형을 짊어지고 가장 낮은 데 임하는 존재로 자신을 규정하면서 시인은 자신을 억압했던 규범적 질서로부터 멀리 벗어날 수 있게 된다. "일상적인 것, 친숙한 것에 그녀는 견디지 못한다. 질식하고 발광할 듯한 충동을 누르지 못한다. 그녀의 시는 친숙한 것 앞에서 반란과 폭력과 혁명이 된다."[37] 그리하여 평범하고 일상적인 규범에 종속되어 누리는 안위보다 차라리 비천하고 소외된 존재로서 겪는 일탈과 반발의 충동을 받아들인다.

> 하나의 섬, 아니 혼자인 인간, 그리고 여러개의 찻잔, 스무개의, 삼천개의 빈 찻잔들 …… 그만큼의 섬들, 혹은 사람들, 만일 아직도 외로움이 있거든 네 외로움의 손발을 잘라버려라 …… 아니 아직도 그리움이 남았거든 네 그리움의 골통을 부셔버리고 그 골통의 잔해를 찻잔삼아 마지막 한잔의 차를 마셔 보거라 ……
>
> —「茶神이 필 때」 부분

그녀의 시에 나타나는 잦은 쉼표와 말줄임표는 내면의 소리가 여과 없이 터져나오는 순간의 호흡을 실감나게 드러낸다. 이를 통해 간결하게 절제되고 압축된 진술에서는 찾아보기 힘든 여러 번의 번복과 열거, 과장이 펼쳐진다. 정돈되지 않은 내면의 소리와 들끓는 사색의 순간들이 있는 그대로 노출된다. 과감하고 격

럴한 시어들이 날것 그대로의 정념을 펼친다. 김승희 시에서 쉼표와 말줄임표는 "결코 확정적이지 않은, 불안하게 흘러내리고 흔들리는 액체성을 띠는, 끊임없이 변신하며 수많은 가능성을 가진 복수적인 존재성과 부랑하는 존재의 여성 내면을 현재화하려는 언술 전략"[38]으로서 자주 활용된다.

이러한 표현의 방식은 오랫동안 여성시를 지배해왔던 여성적 문학과는 다른 여성주의적 문학의 양상에 가깝다고 할 수 있다. 여성주의적 문학은 사회문화적 규범에 의해 부여된 여성성에 충실한 여성적 문학과 달리 기존의 규범을 의심하고 해체하려는 경향을 보인다. 이전의 여성적 문학이 '여성적'이라는 외부적 규정에 순응하는 소극적이고 감성적인 양상을 보이는 것에 비해 여성주의적 문학은 적극적인 자기주장과 저항적 태도를 펼친다. 여성적 문학의 단아하고 온순한 어법과 달리 거칠고 파격적인 어법을 구사하는 것은 여성주의적 문학의 뚜렷한 변별점이다.

김승희는 자신의 감정과 정념에 충실한 격정적 어조를 드러내며 이전의 여성시와 뚜렷하게 구분되는 새로운 유형의 여성시를 선보인다. 여성의 내면에 잠재해 있는 무질서하고 파격적인 음성을 감추지 않고 노출시킴으로써 일상적이고 안온한 규범으로부터 벗어난다. 비천하고 억압받는 존재로서 자신을 자각하고 외부에서 규정된 질서를 넘어서는 자유를 구가한다. 전통과 제도, 상식을 뒤흔드는 격렬한 부정의 어법으로 새로운 시를 시도한다. 여성으로서의 자신에 대한 각성과 여성만의 어법에 대한 과감한 도전이 아니라면 보여주기 힘든 개성을 발산한다.

2. 일상성의 부정과 비상의 욕망

존재의 비의에 대한 탐색과 죽음에 대한 초월적 의식으로 가득한 1기시 이후 2기시에 이르러 김승희의 시는 질적인 전환을 이룬다. 2년 상간으로 나온 두 권의 시집『미완성을 위한 연가』(1987)와 『달걀 속의 생』(1989)에서 시인은 이전의 수직적 사유에서 수평적 사유로 옮아간다. 이를 시인 자신은 '왼손의 광기'에서 '오른손의 슬픔'으로 옮겨간 것이라 표현한다.[39] 광기 혹은 초월적 의지로 충만했지만 현실의 원칙에서 벗어나 있던 이전 시기에 비해 현실에 발을 딛고 선 상태에서 삶의 고통과 한계에 대면하는 태도의 변화가 생겨난 것이다. 이러한 변화의 과도기에『33세의 팡세』가 있었다. "광기의 마녀적 탕진, 생명의 초현실적 남용, 그리고 극단적인 자기 파괴의 끝에 새로운 생성으로서의 오른손의 슬픔은 오는 것이다."[40] 자서전 에세이인『33세의 팡세』에서 자신에게 깃들어 있는 광기와 자기 파괴 충동의 잠재적 뿌리까지 내려가보는 극한의 자기 발견을 감행한 끝에 시인은 모든 것을 비워내고 새로운 세계를 받아들일 수 있게 된다. 자신에게 충실한 것 이상으로 자신이 살고 있는 시대와 역사를 인식하는 것이 보다 깊고 넓은 시를 위해 필요하다는 사실을 깨닫는다. "나의 아픔과 고통(psycodontia)이 사회적 아픔과 고통(sociodontia)과 어떤 양식으로든 관련을 맺는다는 것"[41]을 새로운 시의 준거로 삼고 재충전을 시도한다. 이로써 개인적 삶과 고통에 몰입했던 수직적 사유에서 사회적 삶과 고통으로 관심을 확대하는 수평적 사유로의 전면적 이동이 일어난다.

1) 일상의 감옥과 출구 없는 먼 길

수평적 사유로의 이동을 증명하듯 김승희의 시에는 '길'의 이미지가 빈번하게 나타나기 시작한다. '길'은 지상에서의 범박한 삶에 대한 가장 보편적인 비유이다. "작은 연립주택, 스물 여섯 평, / 이곳 속에도 홀로 가야하는 / 먼 길이 있다"(「단독 비행」)에서 구체적으로 지시되는 일상적 삶이 시인의 앞에 놓인 가장 '먼 길'이다. "출구는 없지만 길이 있었네"(「작은 밀교」)라며 그녀는 그 멀고 험한 길을 나선다.

　　개미만도 못한 길을
　　개미보다 열렬하게
　　가고 가고

또 가면
나로 인해 길이 생기리니
나로 인해 길이 생기면
그 위로 사람들이
행복의 비단길을 실어 나르리니

—「실크로드」 부분

뚜렷한 목적과 방향을 가지고 있는 개미의 길과 달리 그녀의 앞에 놓인 길은 정처가 없다. 오로지 가고 또 가는 지속적인 행위만이 있을 뿐이다. 무엇을 위함이 아니라 최선을 다하는 태도가 그 자체 하나의 길이 될 수 있으리라는 신념 자체가 목적이 된다. 이렇게 해서 생긴 길이 다른 사람들에게는 "행복의 비단길"이 될 수 있을 것이다. "삶이란 오직 나자신을 위한 예술 / 이지만 / 어쩌면 뒤에 오는 모든 사람을 위한 / 예술이 되어야 한다"는 생각이 이런 행위를 가능하게 한다. 나의 삶과 타인의 삶이 이어지면서 생겨날 새로운 길에 대한 전망이 지속적인 도전의 이유가 된다.

자신이 가야할 길이 정처 없다는 인식은 여성으로서 감당해야 하는 일상의 '출구 없는 길'의 이미지와 밀접하게 관련된다. 닫혀 있는 일상의 공간에서 여성들이 찾아야 하는 출구는 정처 없는 길의 진로와 다를 바가 없다. 출구가 없기 때문에 그 길은 끝이 없다. 일상에서 출구를 발견하는 것은 사막에 비단길을 내는 것처럼 간단없는 노고를 요구한다.

가금이란 말을

여자는 생각하네,

감금이란 낱말도,

일상생활이란 유리로 된 마루와 같아서

여자는 항상 걷는 것이 위태로왔고

움직이는 것이 위험하였네,

그리하여 가금에겐 처절한 격정보다는

맑은 슬픔이 가까왔고

산다는 것은 무엇인가, 그런 것을 여자는

오랫동안 잊어버렸네,

나는 세상에서 가장 절묘한 무희야,

유리바닥에서 전족을 한 발로 춤추고 생활하고 있거든,

유리로 만든 집은 위험하고

쉽게 부서져 버리지, 안전이란 없지만,

삶이란 다 그런 것이 아닌가

—「백경을 잡으려고」 부분

　　출구 없는 일상의 공간에 놓인 여성들을 극단화한 것이 감금의
이미지이다. "모든 집 속엔 / 아내를 매장한 지하서랍이 있고 / 그
속에서 잠든 듯이 순교하며 살아가는 / 하얀 얼굴의 착한 여자
들"(「야뇨증의 여자」)에서도 순교하듯 일상에 매몰되어 살아가는
여성의 삶을 극적으로 표현하고 있다. 창살 없는 일상의 감옥에

'감금'된 여성의 처지는 '가금'을 연상시킨다. 유리같이 위태로운 일상의 감옥에서는 처절한 격정을 표출하는 것조차 용이하지 않기 때문에 맑은 슬픔을 지닌 채 전족을 한 발로 춤추듯 생활한다. 전족은 여성에게 가해진 치명적인 감금의 상징이다. 전족에 붙들린 자신의 처지에도 불구하고 유리로 만든 집의 안위를 유지하기 위해 가볍게 춤추듯 생활해야 하는 것이 일상이라는 감옥에 갇힌 여성들의 삶이다.

　여성들을 일상의 감옥에 가두는 것은 여성에게 주어지는 온갖 기대나 고정관념이다. 변함없는 모성을 요구하는 자식과 성녀를 원하는 남편으로 인해 "여자는 조용히 넋을 팔아 넘기고 / 남자들의 꿈으로 미화되어 / 도배되어 / 「가화만사성」(家和萬事成) 액자 하나로 / 조용히 표구되어 안방의 벽에 희미하게 매달려 있다" (「성녀와 마녀 사이」). "엄마만으로도 / 아내만으로도 / 표구될 수 없는, 정복될 수 없는, / 저 영원한 회오리"에 휩싸인다면 숱한 구설수에 오르며 순탄치 못한 삶을 감내해야 한다. "원, 세상에, 간밤에 이층여자가 죽었다는군, / 식탁 위엔 제 새끼들을 위한 우유와 / 아침식탁을 준비해 놓고 / 보일러실의 가스를 틀고 / 잠옷바람으로 개처럼 뻗어 있드래, 글쎄"(「실비아 플라스」)라는 쑥덕거림을 받았을 실비아 플라스의 생이 대표적인 예이다. 어머니와 아내의 범위를 넘어서는 여자들에게는 가차 없는 질타가 쏟아진다. 전족에 붙들린 채 조용히 생활하지 않는다면 가혹한 감시와 처벌이 행해지는 것이 여성의 삶이다. "세상의 딸들은 / 하늘을 박차는 / 날개를 가졌으나 / 세상의 여자들은 아무도 날지 못하는구나, / 세상의 어머니는 모두 착하신데 / 세상의 여자들은 아무도 / 행복하지 않구나"(「엄마의 발」)라는 탄식은 속박과 희생만을 강요받는 여성의 삶에 대한 자각에서 비롯된 것이다. 누군가의 자식으로서 가졌던 희망과 포부는 누군가의 아내와 어머니가 되면서 사라져버린다. 그리하여 자신의 처지에 대해 "가출을 할까 / 출가를 할까"(「평화일기·2」)를 심각하게 고민해야 할 지경에 이른다. 본래의 자신을 잃어버리고 주어진 삶만을 살아가는 여성의 자아는 자신의 길을 가고 싶다는 절박한 바람을 갖는다. 지하철 구석의 "삼분 자동칼라 사진실"의 좁은 방안에서 만나는 자기 자신과의 짧은 재회 시간이 간절할 정도로 자신의 존재가 지워져가는 현실이 허망해서다.

> 행복한 길을 가지기 위하여
> 행복한 사람이 되어야 할까.
> 행복한 사람이 되기 위하여
> 행복한 길을 가져야 할까.
> 나는 아직도 아마 모른다.
> 다만 아침저녁으로 종점에서 닿고
> 떠나는
> 행복한 시내버스들을 바라다보며
> 다만 나에겐 길이 없다는 절망과

길을 원하는 갈증이

우울증같이 멀미같이

환상의 외침이 되어 다가든다는 것뿐이다

—「길이 없는 길 위에서」 부분

　많은 사람들이 행복을 삶의 목적으로 생각하지만 시인은 그런
행복에 대해 의문을 제기한다. 행복을 이루기 위해 행복할 수 있는
마음의 상태가 되어 있어야 하는 건지 행복한 상태가 되어야 행복
한 사람이 될 수 있는 건지도 모르겠다고 한다. 행복이 무엇인지조
차 불분명하다. '행복한 시내버스'의 행복은 분명한 목적지와 도착
지가 있다는 것이다. 자신이 가야할 길에 대해 의심하지 않고 씩씩
하게 달려갈 수 있다면 그것은 나름대로 행복한 상태일 것이다. 시
인이 느끼는 절망, 갈증, 우울증, 멀미 같은 부정적인 증상은 모두
자신에게 '길이 없다'는 생각에서 비롯된다. 떠나야 할 곳도 닿아
야 할 곳도 모르는 채 무기력감에 빠져 있기 때문이다. 이 시기의
시에서 주조를 이루는 비애와 고통의 정조는 출구를 모르는 채 살
아가야 하는 정처 없는 삶에 대한 절망에서 연유한다. 남들과 같이
일상의 행복을 목표로 살아가거나 도달 가능한 목적지를 향해 나
아간다면 훨씬 수월했을 삶이 드높은 이상과 예리한 판단력 때문
에 절망에 이르는 병을 만든다. 치유 불가능한 이 고질병은 다름
아닌 '꿈꾸는 병'이다. "가짜 낙원과 진짜 지옥 사이"에 놓인 시인은
"바람 같은 이 병이 있어 / 나는 자꾸만 세상에서 쫓겨"(「꿈꾸는 병」)

난다고 고백한다. 이상은 멀고 현실은 가까운데 자신만의 꿈을 버리지 못하여 환자처럼 지내야 하는 처지라는 것이다. 현실에서 자신의 꿈이 실현 불가능한 채로 환자, 또는 수인처럼 살아야 한다는 것을 그녀는 직시한다. 그렇지만 자신이 이 '길 없는 길'을 계속 가야한다는 것 또한 담담하게 받아들인다.

우주는 넓다지만
모든 사람의 방은 관을 닮았고
영원은 크다지만
이 시간 속에선 누구나 수인인데
가자 가자 잘못 살았다해도
계속 갈 수밖에 없어
인간이란
이 세계에 외톨로 닫혀있는
비좁은 창문
그 창문 위에 입김으로 쓴 남루한 낙서

—「약력을 쓰는 밤에」 부분

약력을 쓰는 밤, 한 사람의 이상과 현실은 유난히 심각하게 충돌하기 마련이다. 한 줌 '남루한 낙서' 같은 약력으로 인한 자괴감과 어쩔 수 없었다는 변명이 뒤섞인다. 무한한 우주와 영원한 시간 속에서 어쩌다 이 한 지점에 붙들린 채 살아가야 하는 수인과 같은 존재로서 자신을 실감하게 된다. 여기서 중요한 것은 "가자 가자 잘못 살았다 해도 / 계속 갈 수밖에 없어"라는 다짐이다. 태양과 같은 절대적 세계에 도달하려는 기세로 충만했던 전 시기와 달리 유폐된 삶이어도 감내해야 한다는 또 다른 삶의 의지를 주목해 보아야 한다. 수직적 삶으로의 초월적 지향에서 수평적 삶을 감내하고 지속하려는 변화가 생겨난 것이다. 수평적 삶에서 중요한 것은 삶의 목적보다는 태도 그 자체이다. 지리멸렬한 지상의 삶을 지속하는 강인한 견인력이다. 지상에서의 삶의 족적이, 수인으로서의 삶을 버티며 비좁은 감옥의 창문 위에 입김으로 쓴 낙서와 같이 보잘 것 없는 것일지라도 계속 써나가는 행위 자체가 의미 있는 것이다. 골목에 버려진 하얀 연탄재를 보며 "너, 그렇게, 열심히 살았구나. / 하얀 뼈가 다 타오르도록"(「연탄재를 바라보며」) 하거나 "뚝뚝 눈물 흘려 삶을 태우는 / 뜨거운 촛불의 비련을 생각하고서 / 목이 맵다"(「서울 마리오네트」)고 할 때와 같이 전력과 전생을 다하는 삶의 태도를 중시한다. 수직적인 세계에서 수평적인 세계로 지향점이 달라졌을 뿐 자신이 선택한 길을 간단없이 가려하는 열정적인 삶의 태도는 결코 다르지 않다.

시인은 지상에 붙들려있는 자신의 처지를 인정하지만 꿈꾸기를 그치지 않고 길 없는 먼 길을 향해 계속 나아간다. 이러한 삶의 방식은 날개는 있지만 날지 못하는 타조의 그것과 흡사하다. "나는 듯이 달려가는 / 한 마리의 타조, / 샘물이 나온다는 전설의 바위를 / 찾아, 도대체, 어떻게, / 아니야, / 타조는 가장 빨리 달릴 수 있다 하여도 / 날 수는 없는 숙명이 있으니"(「단독 비행」)라고 할 때 시인은 타조와 자신의 처지를 동일시하고 있다. 태양을 향해 날려했던 이카루스와 같은 오만한 이상은 꺾이고 나는 듯이 달려 갈 뿐인 타조의 숙명을 인정하기에 이른다. 날지 못해 꺾이고 넘 어질지언정 "가도가도 못다 닿을 / 가야할 먼길"을 향해서 멈추지 않는 견인의 자세를 다짐한다.

2) 부활의 꿈과 모성의 수용

'달걀 속의 생'은 네 번째 시집의 표제이자 삶에 대한 핵심 상징 이다. 첫 시집에서 '날개'의 상징을 통해 이상세계에 대한 초월적 욕망을 표현했던 것에 비해 현실적 삶에 대한 자각이 강화되면서 상당히 축소되었지만 여전히 시인의 의식 속에 현실 너머의 꿈에 대한 강렬한 동경이 자리잡고 있음을 드러내는 증거이다. "달걀 껍질 안에 웅크리고 앉아 나는 무슨 박혁거세와도 같은 하나의 난생(卵生)설화를 기다리고 있는다는 것일까?"[42]라는 자문 속에는 시인이 '가야할 먼 길'을 다짐하며 잃지 않았던 부활과 생명의 꿈 이 깃들어 있다.

달걀은 시인이 일상에서 얻은 소박하지만 절실한 꿈의 상징이 다. 냉장고 안에 늘 자리잡고 있는 달걀은 우리의 일용할 양식이

기도 하지만 부화를 준비하는 병아리의 전생이기도 하다.

　　　쉬잇, 조용히 ……
　　　저 달걀 안에
　　　미완성이 숨쉬고 있으니

　　　보아라.
　　　누추한 우리 부엌 시렁 위
　　　바삭바삭거리는 달걀껍질 안에서
　　　밤새워
　　　십자가의 못을 빼느라고
　　　부시럭거리는
　　　저 하느님의 새끼들

　　　쉬잇, 조용히 ……
　　　저 금가기 시작한 메마른 달걀 안에
　　　신의 피가 돌고 있으니

　　　　　　　　　　　　　　　　—「달걀 속의 生·4」부분

　　달걀은 미완성과 완성, 난생(卵生)과 우생(羽生)의 점이지대에 놓
여있다. 그것은 전혀 새로운 한 생으로 존재의 전이를 준비하고 있
다. 지상의 예수가 부활을 준비하듯이 달걀들은 새로운 삶을 위해

껍질을 깨려 한다. 누추한 전생이 화려한 부활을 더욱 부각시킨다. 예수가 초라한 말구유에서 탄생한 것처럼 부엌 시렁 위에서 부화를 시작하고 있는 달걀들은 하느님의 가없는 축복 속에 놓여있다. 하나의 파괴가 더 큰 창조로 이어지는 달걀의 존재 전이 과정에는 '신의 피'가 돌고 있다. 동방박사들이 예수의 탄생을 숨죽여 경배했듯이, 이 작지만 놀라운 신이 앞에서 시인은 한껏 숨죽여 경이를 표한다. 예수가 지상의 삶을 지나 부활의 시간을 맞이했듯이 달걀은 난생의 십자가를 벗고 비상을 준비한다.

달걀은 부활이라는 기독교적 상징 외에도 새로운 차원의 삶을 지시하는 보편성을 지닌다. 시인은 『데미안』의 유명한 구절, "새는 알을 깨고 나온다, 새는 신을 향해 날아간다. 그 신의 이름은 아프락사스다"를 자신이 상상하는 존재의 전이에 활용한다. 여러 편의 '아프락사스' 연작을 통해 다양한 존재 변환의 이미지를 보여준다. 알의 상태는 새로의 존재 변화의 과정과 필연적으로 관련되어 있는 것으로 나타난다. "결박이 아무데서도 방해가 되지 않는다면 / 어찌하여 새는 알(卵)속에 머무르지 못하는가? / 아니 / 알의 결박이 없었다면 / 새는 어찌하여 날개를 만들 수 있었겠는가"(「아프락사스·5」)에서 결박은 비상을 위한 필요조건으로 인식된다. 결박이나 소멸 같은 희생이 없이는 새로운 존재로의 전이는 불가능하다.

양초가 타오를 때
나는 저 고조선의 하늘이 열리던 날의

신단수를
생각한다.

제 몸을 허물고서야
비로소
빛이 열리는 양초불 속에서
나는 또 처형 예수를,
성불 비로자나를
느끼고 싶다.

부질없음을 버리기 보다
부질없음에 더욱 매어달려
달걀은 지금 시장의 구루마 위에
줄줄이 나와 앉아있다.
따스한 햇빛이
방파제도 없는 바다처럼 밀려들어
출렁출렁 고운 알들을 밀어주고 있다.

　한 알의 달걀 속에 얼마나 많은 길들이 잠들어 있는가. 한 알의 새알
속에는 또 얼마나 큰 하늘이 기다리고 있는가.

─「아프락사스·6」 전문

양초는 소멸을 통해 존재의 전이를 이루는 변화의 대표적인 예이다. 시인이 양초를 보면서 고조선의 신단수를 연상하는 것은 그 둘의 직립적 형상과 신성한 기운 때문이다. 양초는 소멸과 희생을 통해 빛과 신성에 도달한다. 자신의 육신을 희생하여 인류의 빛이 된 예수나 대광명을 발하여 인간세계를 두루 비추는 성불 비로자나 역시 양초와 같은 역할을 한 셈이다. 한 존재에서 다른 존재로 승화를 이룬다는 점에서 이들은 모두 달걀과 유사한 상징에 해당한다. 부질없음을 버리기보다 부질없음에 더욱 매달리는 절실함과 자기희생이 새로운 존재로의 변환을 가능하게 한다. 시장의 구루마 위에 나와 있는 달걀의 앞에는 어떤 운명이 기다리고 있을까. 팔려가 누군가의 식탁에 오르기 십상일 것이다. 부화와 비상의 꿈은 부질없는 희망에 가깝다. 그렇지만 시인은 이러한 부질없는 희망의 아름다움을 상상한다. 따스한 햇볕이 밀려들어 고운 알들의 부화를 돕는 광경을 그린다. 한 알의 달걀이 내포하는 희망의 가능성은 그 안에 깃든 수많은 길과 비상의 꿈을 펼쳐 보인다. 하나의 알이 비상하기까지의 기적과 같은 변화를 인정하지 않는다면 예수나 비로자나가 다다른 신성 또한 받아들일 수 없을 것이다. 달걀 속에 내재하는 비상의 가능성은 존재의 질적 전환에 대한 선연한 암시이다.

시인은 현재의 한계를 벗어나 비상하려는 자연의 움직임에 늘 매료된다. 하찮은 동식물일수록 그 움직임은 더 놀랍고 눈물겹다. 달걀이 보여주는 비상의 꿈 못지않게 연약한 식물들이 행하는 생장활동도 경탄을 일으킨다. 가령 콩나물시루의 검은 보자기 아래서 어두운 콩깍지를 뚫고 콩나물들이 뻗어가는 모습은 '부활'의 몸짓을 연상시킨다. "새떼처럼 화려한 콩나물들의 / 하얀 하강은 / 하얀 하강 노란 비약 하얀 하강 노란 비약은 / 어느 뿌리의 멈출 수 없는 저항이었을까"(「아프락사스·2」)에서 콩깍지를 벗고 솟아오르는 콩나물들의 움직임은 새떼의 움직임과 상통한다. 하얀 줄기의 내뻗는 힘과 노란 콩의 솟아오르는 힘이 생동하면서 새처럼 비상하는 장관을 이룬다. 시인은 이러한 역동적 작용의 근원에서 뿌리의 '멈출 수 없는 저항'의 힘을 놓치지 않고 본다. 뿌리가 어둠의 끝까지 향하는 것은 역으로 밀어 올리는 힘을 극대화하기 위함이다. 뿌리는 비약의 순간을 위하여 가장 깊은 어둠에 침잠하는 인내와 항거의 시간을 내포하고 있다. 극한의 결박을 뚫고 극적인 전이를 이루는 존재에게 억압은 변화를 이끌어내는 동력으로 작용한다. "참을 수 없이 좁았던" 화분을 뚫고 뻗어나가는 나무뿌리는 "훨훨 날개치는"(「아프락사스·3」) 뿌리의 꿈을 실천하고 있는 것이다.

억압하는 힘과 벗어나려는 힘 사이의 긴장관계에 주목하기 시작한 것은 이 시기의 중요한 소득이다. 이상을 향한 초월적 의지가 승했던 전 시기에 비해 그것을 가로막는 현실적 조건을 의식하면서 반작용으로서 극복의 가능성을 탐색하기 시작한 것은 중요한 변화이다. 현실적 조건을 배제한 초월적 이상이 허황한 공상에 그칠 수 있는 것에 비해 현실과 맞물린 이상은 구체성의 무게를 지닐 수 있기 때문이다. 현실과 이상의 역동적인 관계 속에서 현실의 결박을 뚫고 나오는 비상의 의지는 더욱 강하고 분명한 것으로 드러난다. 존재의 전이는 현실과 접촉하면서 부단히 변화하는 가운데 이루어진다. "달걀(egg)이 깨어져야 / 창생의 지도(map)가 생기는 것처럼"(「흔들리지 않는 것을 보면」), 자기희생과 변모를 감내해야 새로운 탄생이 가능하다는 깨달음은 값지다.

이와 같은 면밀한 관조와 통찰은 출구 없는 일상의 감옥에서 암중모색 중인 시인 자신의 고뇌를 반영하는 것이기도 하다. 시인은 지붕 아래서만 살며 정해진 삶에 길들어버린 자신을 돌이켜보며, "꿈이면 난 문득 솟구치고 싶다네. / 소시민주의자처럼 지붕 아래 / 엉금엉금 기어가는 꿈. / 그런 꿈은 말고. / 꿈이면 어둠의 첫이슬이 맑게 닦아 놓은 / 지붕의 금선 위를 달리며 / (…중략…) / 제로에 가까운 무연의 바람이"(「지붕 아래서」) 되고 싶다고 한다. 안전하게 구획 지어진 지붕 안에서 평생 반복운동만 하는 삶에서 벗어나 위태롭지만 자유롭게 지붕의 금선 위를 달리고 솟구치는 비상을 꿈꾼다. 시인이 그토록 달걀의 생태에 몰입했던 것도, "달걀을 보면 / 알 수 있지. / 아, 저렇게 해방을 기다리는 사람도 있구나"(「달걀 속의 生·5」)라는 생각을 확인할 수 있었기 때문이다. 작은 달걀 하나가 지니고 있는 부활과 해방의 꿈을 접하면서 자신에게 여전히 남아있는 자유와 비상을 향한 열정을 발견했던 것이다. 달걀의 부화는 한 세계의 소멸인 동시에 다른 세계의 시작을 알린다. 새로운 출발을 위해서는 현실의 균열이나 소진을 감내해야 한다.

"깨어진 유리창에 볼을 부비며 / 내 금간 얼굴과 / 금이 간 바깥세상을 물끄러미 바라보노니 / 아, 길이 끝날 때 미로가 있구나. / 미로가 있을 때 / 운동이 있구나. 꿈이 있구나"(「미로의 방」)에서 유리창이 깨진 방 속에 있는 시인의 상태는 알을 깨고 나오려는 새와 흡사하다. 유리가 깨지면서 생긴 무수한 금들은 자신에게 펼쳐질 수많은 새로운 길을 암시한다. 갇힌 방에서 굳어 있던 자아는 비상의 꿈과 도약의 의지로 충전된다. 길이 끝났다고 생각하는 순간 세상이 열리며 미로와 같은 새로운 길들이 열린다. 가보지 못한 수많은 길이 모험과 도약의 꿈을 일깨운다.

미로처럼 열리는 새로운 세계에는 바람처럼 무연한 움직임이 있는가 하면 사랑의 인연으로 끈끈하게 이어지는 또 다른 삶이 있다.

사랑. 사랑을 생각하면
정다운 지붕도 따스한 밥상도 생각나지 않고
내 복부를 흘러가고 있는
제왕절개 수술자욱이 생각난다.
화상 입은 듯한, 다림질한 듯한
상처의 메마른 흉터 속으론
언제나 은하수 같은 아픔의 사연이
반짝반짝
우주의 서정시를 쓰고 있다.

나는 다만 엎드려 서사적으로 숙제를 한다.

죽은 듯이 엎드려 숙제를 하고 있는

나는

그러나 아마 몹시 행복하다고 해야하리라.

숙제를 하고 있는 동안만은

아무리 바닥에서일망정

화사 구렁이처럼

칭칭 인생을 붙잡고 있는 느낌이 든다.

뚝뚝 애원하며

타오르는 촛불 같이

분노와 연민으로 희게 질린

양초 같이 ……

—「평화일기 · 4」 부분

시인이 경험한 사랑은 하나의 생명을 내놓기 위해 입어야 했던 상처를 연상시킨다. 안온한 지붕 밑의 삶이 아닌 위험을 감내해야 하는 희생적 삶에 가깝다. 지극한 자기희생을 통해 한 우주의 탄생과 같은 경이로운 생명이 시작되었다. 상처의 메마른 흉터에서 "우주의 서정시"를 떠올리는 것은 이 때문이다. 시인은 한 세계가 깨지며 또 다른 세계를 열어놓는 사랑의 작용을 긍정한다. 자신이 숙제처럼 감당해야 할 모성적 사랑을 기꺼이 받아들인다. 이승의 끝까지 지속될 이 '서사적 숙제'를 시인은 "몹시 행복"한 과업으로 생각한다. 자신을 버리고 가장 밑바닥까지 낮아져야 하는 이 사랑에 사로잡혀 있는 한 "화사 구렁이처럼" 강렬하게 생과 합일되어 있다는 느낌 때문이다. 애원과 분노와 연민으로 온몸을 태우는 촛불처럼 자신을 온전히 산화할 수 있는 열정을 확인할 수 있기 때문이다. 시인은 "부처님께서 버리신 피의 인연"(「쌍봉낙타」)을 거두어 생의 일념으로 삼는다. 부질없음을 버리기보다 부질없음에 매달리는 유정하고 열렬한 태도가 시인이 세상을 살아가는 방식이다. 그러나 사랑이 일방적인 희생과 헌신만을 의미하는 것은 아니다. 사랑이란 "투명하게 떠도는 안 보이는 넋들을 서로 / 발견해 주는 것"(「고도의 노래」)이다. 사랑을 통해 나의 존재는 보다 새롭고 분명한 삶의 의지를 다짐할 수 있는 것이다.

3) 고백의 어조와 자의식의 분출

이 시기에 이르러 일상적 삶에 한결 밀착하게 된 시인은 전 시기의 낭만적이고 격정적인 분위기에 비해 좀 더 선명해진 현실감각을 드러내게 된다. 지리멸렬한 일상에서 자신이 대면하는 감정의 상태를 솔직하게 진술하는 고백체가 주조를 이룬다. 답답하고 변함없는 일상과 들끓는 내면의 고백이 대조적이다. 고백시의 요체는 체제에 순응함으로써 부조리를 재창조하는 자아의 죄의식과 공포, 그리고 예술적, 물리적 초월을 위한 고백이다.[43] 김승희의 고백시는 자신을 둘러싼 일상이라는 견고한 체제와 그곳에 유폐되려하는 자의식 사이의 끊임없는 대립과 갈등의 양상을 면밀하게 증명한다. 김승희가 드러내는 고백의 강도와 의미는, 영혼 내면에 깊이 숨어있는 사사로운 감정과 정서를 고백하는 일반적 의미의 고백문학보다는, 시인 자신의 심리적 위기가 국가적, 문화적 차원의 위기에 대한 상징에 가까운 1950~60년대 미국의 고백시에 더 가깝다.[44] 고백에 실감을 더하는 구어체와 거침없는 일상어의 사용으로 이 시기의 시들은 상당히 속도감 있게 읽힌다.

> 절망은 기교를 낳는다는데
> 나의 절망은 기교를 낳지 않는다
> 기교는 희망을 낳는다는데
> 나의 기교는 정말 아무것도 낳지 못한다
>
> 천치 같은 마리아가
> 홀로 별들을 바라보며
> 악몽 같은 성령을 수태하고 있을 때
> 보았는가
> 청순해서 너무나 청순해서 슬픈
> 천체의 오물 같은 별들은 으스스-으스스-

화장터의 뼈마디처럼

공해 같은 희망을 비웃으며

천치 같은 마리아를 저주했더니라,

왜 또 희망을 뱄느냐고,

왜 또 희망을 못박아 죽이려 하느냐고,

절망은 기교를 낳는다는데

나의 절망은 기교를 낳지 못한다,

기교는 희망을 낳는다는데

나의 기교는 정말 아무것도 낳지 않는다,

똥도 안 눈다

젠장, 대변은 커녕 따스한 오줌 한 번

눈 적도 없다……

— 「절망은 기교를 낳는다는데」 전문

"절망이 기교를 낳고 또 기교가 절망을 낳는다"는 이상의 말을 패러디하면서 시인은 자신의 절망이 갖는 한계와 솔직하게 대면한다. 좀처럼 부정하기 힘든 선언적 경구를 자신의 경우로 끌어와 반성적으로 점검한다. 절망이 기교를 낳는다면 나름대로 커다란 소득이겠지만 자신에게도 과연 그런가를 돌아본다. "나의 기교는 정말 아무것도 낳지 않는다"는 참담한 확인에 이르자 그 절망감을 주저 없이 표출한다. "천치 같은 마리아"라는 신성모독적인 시어를 동원하여 절망의 압도적인 우위와 희망의 덧없음을 강조한다. 도저히 희망을 갖기 어려운 상황에서 희망을 포기하지 않는 마리아를 어리석다고 모욕한다. 희망을 버리지 못하는 어리석음은 기교를 요구하는 시대와 동떨어진 선택에서 온다. "너무나 청순해서 슬픈" 마리아가 주저하지 않고 매번 희망을 선택하는 무기교의 의지를 발휘하는 것에 비해 '나'는 희망을 선택하지도 못하고 절망으로 인해 기교를 낳지도 못한다. "기교는 희망을 낳는다"는 말은 이상에 대한 의도적인 오독에 해당한다. 절망이 기교를 낳는다면 기교는 또 다른 희망이 될 수도 있을 텐데 '나'의 절망은 그 무엇도 낳지 못하는 불모의 늪에 빠진다는 좌절감을 표출하기 위함이다. 시에서, 특히 여성의 시에서 찾아보기 힘든 '똥', '오줌', '오물' 같은 금기어를 써서 자포자기에 가까운 절망감을 드러낸다. 거침없이 내뱉는 듯한 말투가 상식과 기성관념에 대한 도전적인 태도와 과감한 부정을 강조한다. 고르고 다듬어 쓰는 문어체로는 보여주기 힘든 직설적 어조의 거칠고 강한 힘이 느껴진다. 시인 자신에 가까운 화자 '나'의 직접적인 노출과 구어체의 실감을 담아내는 쉼표와 말줄임표 등의 다양한 부호들이 직설적 발언을 듣는 듯한 현장감을 부여한다. 시인은 통렬한 자아고백의 어조를 통해 어떠한 희망도 낳지 못하는 자신과 현실의 불모성을 표현한다.

　　나는 스물세살에 미국유학을 가려고 했는데

어머니 때문에, 아버지 때문에, 동생들 때문에 가지 못했지

그리고 서른세살엔 인도여행을 가게 되었는데

완고한 남편과 갓난둥이 자식 때문에

성당이 보이는 제2한강교 다리 위에서

서류와 여권을 찢어서 버렸다,

때문에 때문에 때문에가

언제나 있었고

때문에 때문에 때문에가 언제나 있었기 때문에

나는 자꾸만 수족마비의 수렁 속으로

빠져들게 되었지

이것을 하려고 해도 무엇 때문에

안 되었고

저것을 하려고 해도 또 다른 무엇

때문에 되지 않았기

때문에

나는 늘상 날개쭉지 상처로 불행하였고

나는 늘상 피해망상으로 우울하였지

—「때문에 왕국」 부분

　시인화자에 해당하는 '나'의 진솔한 고백은 단순한 자기 고백 이상으로 시대적 모순에 대한 자각을 담고 있다. 중요한 것은 다른 사람들 '때문에' 내 인생이 수렁에 빠지게 되었다는 원망과 피

해망상이 나의 의식을 지배하게 되었다는 점이다. 이런 생각은 나에게만 국한되는 것이 아니라 모두에게 나타난다. "사람들이 모두 조금씩 이상하기 때문에 / 나도 조금씩 이상해지고, / 이상한 것이 정상한 것이기 때문에 / 모든 것이 시대탓이기 때문에 / 왕이 음주운전을 했기 때문에 / 너 때문에 너 때문에 바로 너 때문에"를 탓하는 보편적 현상이 팽배해져 있다. 그리하여 "이것 때문에 저것을 할 수 없고 / 저것 때문에 이것을 할 수 없"는 상태에 이르고 어떤 희망이나 억지도 필요 없이 자포자기 상태에 이르러서도 아무런 책임이나 죄책감을 느끼지 않게 된다. 시인은 솔직한 자기 고백에서 출발하여, '내 탓'이 아닌 '네 탓'을 하며 절망과 무기력 속으로 도피하는 시대 풍조 전체를 비판한다.

시인은 자기 자신과 가족에 대한 사실적인 고백을 통해 자신의 삶과 시대에 대한 순수하고 치열한 대면을 도모한다. 어떤 가식도 위장도 없는 사실 속에서 보다 투명하고 직접적인 인식에 도달하려고 한다. 가감 없이 드러나는 한 개인의 삶은 자신을 포함한 동시대의 실체를 반영한다. "아버지의 중풍은 / 나에게 말하려 하고 있다. / 그 시대가 그만큼 어려웠다는 것을. / 누구나 / 모자라는 것을 꿈꾸지만 / 그러나 결국 한 사람이라는 것은 / 「나+나의 환경」이었다고"(「아프락사스・4」)라는 산문적 진술에서 개인과 시대의 관계는 보다 직접적으로 제시된다. 아버지의 중풍이 한 개인의 질병에 그치지 않고 시대의 질병을 내포한다는 인식에는 개인의 위기에서 시대의 병리를 발견하는 고백시의 요체가 깃들어 있다. 한 개인은 자신 뿐 아니라 자신을 둘러싼 환경을 대표한 다는 생각은 그녀의 고백시에 단순한 내면의 독백 이상으로 시대 적 성찰의 면모를 부여한다.

이러한 고백시의 비판적 차원은 시인으로서의 자의식이 선명 하게 드러나는 시에서 극대화된다. 그녀의 많은 고백시들은 시인 화자의 진솔한 자기표현을 담고 있다. 그녀는 시인이란 무엇인가 에 대한 끊임없는 질문을 던지며 자신의 시에 대한 반성과 비판의 정신을 놓지 않는다. 때때로 동료 문인들의 실명을 거론하면서 자 신을 점검하는 일도 피하지 않는다. "시인 황지우가 선거 후 낙향 을 했다는 / 소문을 들었을 때도 / 왜 나는 자꾸만 더 낙제하는 기 분이 되나"(「낙오」) 할 때나 박정만의 요절 소식을 듣고 "이 슬픈 오 른손으로 / 나 여기 살아 / 오늘 무엇을 더 적으랴"(「이사 가던 날」) 하며 탄식할 때 시인은 자신의 무력감을 솔직하게 시인한다. "오 정희씨 소설의 주인공처럼 / 살고 있어요. / (…중략…) / 낱말들 이 나를 비웃는 것같다 / (…중략…) / 나는 글씨들 속에서 비틀거 리며 / 더이상 시인으로 살 수 없을 것같은 / 절벽을 느낀다"(「평화 일기 · 3」)며 시인으로서 느끼는 한계상황을 고백하기도 한다. 시인 이란 어느 누구보다도 열렬하게 살아야 한다는 분명한 생각으로 인해 늘 좌절감을 토로한다. 문단의 유행에 휩쓸리지 않고 독자적 인 세계를 구축하려는 의지로 인해 어느 유파에도 끼지 못하고 소 외당하는 현실을 절감하기도 한다.

나는 무의미시 순수시의 시대에

순수시를 쓰지 않았고

참여시의 시대에도

참여시를 쓰지 않았다. (쓰지 못했다)

나는 80년대 한국시사의

알 라 모드

해체시의 시대에도

해체시를 쓰지 않았고 (못했고)

상업주의적 사랑시의 시대에

사랑시를 쓰지 못했으며 (않았으며)

민중시의 시대에도

민중시를 쓰지 않았다. (쓰지 못했다)

요즈음 말로 한다면

독재 지배 이데올로기를 방조해온

매판미학의 일부

흉측한 ……

(오, 맙소사, 난 내 죄가 그렇게

추한지 몰랐고

다른 죄도 많기 때문에

난 정말 상처와 피고름으로 인각된

거북이 등처럼 균열된 무늬

혼비백산을 움켜잡고

언제나 임종전야 언어에

목을 매달고)

아뭏든, 언어가 나의 아멘이었었지.

—「내가 없는 한국문학사」부분

　　시인은 순수시, 참여시, 해체시, 사랑시, 민중시 중 어디에도 소속되지 않는 자신만의 시를 써왔다. 시인은 1970년대 순수시와 참여시가 대립하던 시기에 등단하여 해체시가 주목받고 사랑시가 유행하고 민중시가 힘을 얻었던 1980년대 격변기를 통과하게 된다. 숱한 주의와 분파가 난립하고 세력을 형성하던 시기에 그 어디에도 속하지 않은 채 고독한 자신만의 세계를 견지한다. 순수시는 쓰지 않았고 참여시는 쓰지 않거나 못했다. 괄호와 방점을 통해 시인은 참여시에 대한 자신의 미묘한 입장을 표현하고 있다. 참여시를 쓰지 않은 것도 자신의 선택이긴 하지만 거기에는 복잡한 자의식이 내재해 있는 것이다. 이러한 입장은 해체시와 민중시의 경우에도 마찬가지다. 광주 출신으로 1980년대를 거쳐 오면서 누구보다도 상처를 받았겠지만 시인은 직접적인 참여를 행하지는 않는다, 어쩌면 못했다. 이에 대해서는 순수시나 사랑시를 쓰지 않은 것에 대한 자신감 있는 태도에 비해 많은 갈등의 흔적이 느껴진다. 적극적으로 참여하지 않으면 "매판미학의 일부"로 낙인찍히는 시대 분위기에 대해서도 시인은 한탄한다. 시인은 언어와의 피투성이 전투에 매진해야 한다는 일념으로 임해온 자신만의 신념을 괄호 안에 혼잣말처럼 담아낸다. 그 어떤 사상이나 사조보다도 그녀에게 중요한 것은 언어 그 자체였던 것이다. 참여시나 해체시나 민중시에 선뜻 동의하지 못했던 것도 언어 이상의 이념적 편향을 경계했기 때문이다. 그렇지만 어디에도 속하지 않고 언어를 향한 일념만을 고수한다는 것은 외롭기 그지없는 일이다.

> 깨끗이 도배된 벽지처럼 무늬맞춰 발라진
> 한국문학사 앞에서
> 나 오늘 한 마리 쥐벼룩
> 여류 쥐벼룩(이곳에서 방점은 매우 중요하다)

시인은 가르기 편한 기준으로 깨끗이 도배하듯 정리된 한국문학사에서 자신이 설 자리는 어디인가를 질문해본다. 쥐벼룩 같은 하찮은 존재로서, 그것도 '여류 쥐벼룩'으로서 이중으로 소외되고 있는 현실을 냉정하게 살펴본다. 언어에 대한 탐구라는 시인 고유의 과업에 충실한 것으로는 한국문학사에서 흔적조차 남기기 어려운 아이러니한 현실이 자의식이 충만한 시인의 고백적 어투에 의해 적나라하게 드러난다. 시인이 그토록 열렬하게 추구했던 시의 언어는 순수시나 사랑시에서 보여주는 아름답고 부드러운 언어가 아니라 자아와 시대의 진실을 건져 올리는 상처투성이의 치열한 언어였다. 그녀가 기꺼이 끌어냈던 고백의 어투는 내면의 평온에 이르기 위한 것이라기보다 동시대의 실체와 공명하는 개인의 절실한 양심을 드러내기 위한 것이었다.

3. 제도의 부정과 현실 비판

3기에 해당하는 1990년대에 나온 두 권의 시집 『어떻게 밖으로 나갈까』(1991)와 『세상에서 가장 무거운 싸움』(1995)에서 현실에 대한 시인의 사회적 의식은 더욱 강화된다. 억압에 대한 극복의 의지가 강하게 표출되었던 1980년대의 시대 분위기에 비해 1990년대는 저항의 투지가 약화되고 제도적으로 안착되기 시작한다. 이러한 시대의 변화와 맞물려 시인 자신도 점차 현상에 안주하기 시작하는 자신을 발견하게 된다. 냉철하기 그지없는 자성의 태도는 변함이 없어, "혹시, 우리의 마음속엔 안(나의 안, 사회의 안, 권력이 만들어 놓은 제도의 안)에 눌어붙으려는 남들의 욕망과 발맞추어 살고 싶어 하는 치열한 정주(定住)적 욕망이 있는 것은 아닐까?"[45]라는 반성을 행한다. 지상의 삶으로부터 솟구쳐 오르는 비상의 꿈으로 충일했던 시인의 자아는 어느새 단단한 현실의 벽에 갇혀, '당연'과 '물론'의 세계에 길들여져 있는 자신과의 무거운 싸움에 직면하게 된다.

1) 절대적 제도 속의 안주와 불안

2기에 시인이 상대했던 싸움의 대상이 일상이라는 보편적이면서도 개인적인 세계였다면 3기에는 개인의 삶을 규제하고 결정하는 사회 현실이나 제도로 관심이 확대된다. 일상을 대상으로 했을 때 존재론적인 차원의 문제의식을 보여주었던 것에 비해 현실과 관련해서는 구체적이고 사회적인 문제의식을 드러내게 된다. 출구 없는 방의 이미지로 그려졌던 일상의 감옥은 보다 더 확대되어 제도 속의 삶의 형상으로 변환된다. 일상의 감옥에서는 개인의 무의지가 유폐의 원인이었던 것에 비해 제도의 틀 속에서는 개인의 의지를 넘어서는 전면적인 통제의 기율이 작용한다. 일상의 감옥을 벗어나는 비상의 꿈에 비해 제도의 권역을 넘어설 가능성은 미약하다.

　　항상 음모는 시시각각 진행되고 있는
　　느낌이다.
　　흰 모자를 쓴 간호원과 의사, 백화점
　　지배인과 상냥한 여점원들,
　　안보이는 곳에서 쉴틈없이 돌아가고
　　있는 고객감시용 카메라와
　　삼십만 원짜리 투명 고급 란제리를 걸친
　　반누드의 마네킹에게까지

나는 지배받고 조종되며 순하게 교화되어 가는

느낌이다.

— 「뻐꾸기 둥지를 못 날아간 새」 부분

　현대인이라면 누구나 익숙하게 접하는 생활공간에서도 시인은
도처에 산재해 있는 '음모'를 의식한다. 병원이나 백화점의 편의와
친절도 철저히 제도화된 것으로 파악한다. 감시카메라는 판옵티콘
같은 감시 장치의 핵심에 해당한다. 일망 감시의 이 장치는 끊임없
이 대상을 바라볼 수 있고, 즉각적으로 판별할 수 있는, 그러한 공간
적 단위들을 구획 정리한다.[46] 시인은 보이지도 않고, 강제하지도
않지만 절대적인 지배의 위치에 있는 제도의 막강한 권력을 간파한
다. 고가의 속옷을 걸친 마네킹조차 암묵적으로 소비를 강요하는
지배자의 위치에 있다. 시인은 제도를 넘어서는 삶이 점점 불가능
해지는 "미칠 것 같은 인간조건 안에 생포되어" 있는 자신의 처지를
분명하게 자각한다. "모든 제도는 우리의 넋을 뺏으려고 하고 / 전
능한 자신의 괴물들을 복사하여 / 우리의 뼈를 추려 / 이미 유유히
떠나고 난 후인데"(「유목을 위하여 3 – 소문 속의 삶」) 이미 정해져 있는
대로 살아가며 자신을 잃어버리는 삶을 못 견뎌 한다.
　2기 시에서 일상의 감옥이 스스로 만들어낸 틀에 가깝다면 3기
시에서 두드러지게 나타나는 제도라는 감옥은 외부로부터 강제
된다는 점에서 큰 차이가 있다. 시인은 예리한 감각으로 생활의 도
처에 자리잡게 된 제도의 힘을 의식하며 강한 저항감을 표출한다.

아침일찍 나가서

선 위의 상자곽 속으로 들어갔다

저녁늦게 나와서

선 위의 또다른 상자곽 속으로 들어가는

사람들, (고객감시 카메라 자동작동중)

아직까지 금 밖으로 나가본 적은

없다, (실탄휴대청경 비상근무중)

　　　　　　　　　　—「유목을 위하여 4―괄호 안의 삶」 부분

「이 문은 자동도어이오니

개폐를 운전자에게 맡겨주십시오」

누군가 나에게 넥타이를 입힌다

그리고 질질 끌고 간다

　　　　　　　　　　—「세상에서 가장 무거운 싸움·1」 전문

진실로 무서운 것은

우리 머리 위의 그물이 아니다

밖에 있는 그물이 아니다

현대인의 핏속에 DNA처럼 입력되어 있는

무기력, 망각, 순응의 유전자 지문들

　　　　　　　　　　—「솟구쳐 오르기·5」 부분

일상의 궤적을 추적해보면, 제도의 안전한 감시망으로 둘러쳐진 선을 넘는 일은 결코 없다. 아침 일찍 집을 나가서 들어가는 것은 "선 위의 상자곽" 같은 직장이고 저녁 늦게 들어가는 것 역시 "선 위의 또다른 상자곽" 속이다. 도처에서 매 순간 작동하는 감시카메라와 철통같은 통제장치 위에 있는 '상자곽'은 거대한 감옥과 다를 바 없다. 2기 시에서 일상의 감옥이 자아를 가두는 가정이라는 울타리였다면 이제 그것은 생활 전체를 지배하는 제도의 틀이다. 제도의 감옥은 자발적인 유폐를 유도한다는 점에서 대단한 위력을 보여준다. 제도가 보장하는 금을 벗어나면 대열에서 배제되고 밀려난다는 강박관념 때문에 사람들은 기꺼이 규정된 삶을 감수한다. 그 안에서 자신이 과연 안전한 것인지, 자신을 지배하는 것이 무엇인지에 대한 자각 없이 무조건 따라가려고만 한다. 시인은 보다 강화된 통제 체계와 일방적으로 그것을 따르려하는 사람들의 변화를 예리하게 각성한다. "자각증세가 없는 것이 / 90년대적 병리의 특성"(「목 없는 미녀」)이라는 점을 확인한다. 1980년대를 이끌었던 능동적인 참여와 변혁의 의지가 급속도로 냉각되어 제도에 안주하려는 경향으로 뒤바뀐 것을 감지한다.

이제 시인이 시작하려는 싸움은 제도에 안주하려는 무기력을 상대로 한 것이다. 시인은 이것을 "세상에서 가장 무거운 싸움"이라고 한다. 주저앉아 일어날 의지가 없는 자신보다 더 무거운 상대는 없기 때문이다. "나는 너무 오랫동안 벽에 기대어 / 있었기에 / 이 벽이 내 육체의 일부라는 느낌을 / 수정하기가 어렵다"(「벽을 느낄 때」)고 할 정도로 제도에 밀착된 자아는 제도만큼 단단하고 무겁다. 제도는 그 안의 개인을 편리하고 효율적으로 관리한다. 실제로 그 안에 있으면 개인의 의식이 개입할 여지가 없이 자동적인 체계가 작동한다. 제도의 이러한 놀라운 관리 능력을 시인은 '자동도어' 시스템에 비유한다. 자동도어에서 개폐는 운전자만이 관리할 수 있는 것이다. '자동'이라는 그럴듯한 외양 너머에서는 누군가 나에게 넥타이를 입혀 질질 끌고가는 것과 같은 강제적인 힘이 작용하고 있는 것이다. 편리한 제도의 이면에는 그것을 유지하기 위해 개인의 존재를 가차 없이 짓밟는 폭력성이 내재한다. "배차시간이 촉박하여 / 사람을 치어죽여도 모르고 질주한다는 / 저 무서운 / 시내버스 아저씨처럼 / 우리에게도 혹시 촉박한 배차시간이 / 이미 나름대로 매겨져 있어서인지도 모른다"(「유목을 위하여 2—길의 파시즘」)에서처럼 제도는 개인을 위해서가 아니라 그 자체를 위해서 유지된다. 이 제도 안에서 수동적으로 끌려다니는 개인은 언제든지 체제 유지를 위한 희생물이 될 수 있다.

제도와의 싸움에서 가장 힘겹고 진실로 무서운 것은 싸움의 대상을 자각하기 어려울 정도로 제도의 영향력이 막강하다는 것이다. 제도의 그물은 현대인의 몸밖에만 쳐지는 것이 아니라 핏속까지 침투하여 유전자처럼 각인되어 있다. 무기력, 망각, 순응의 유전자가 현대인을 장악하여 제도의 통치에 아무런 저항도 할 수 없게 한다. 제도의 막강함에 겁먹어 무기력해지고, 나날의 업무에 치어 제도의 존재 자체를 망각하고, 기꺼이 제도권으로 진입하여 안주하려는 순응적인 태도가 제도의 절대적인 승리를 보장한다. 제도가 제공한 안전벨트에 구속당한 사람은 "안전의 골방 속에 너무 깊이 묶여 있으면 / 안전의 골병이 생긴다"(「안전벨트를 맨 사람」)는 사실을 망각한 채 병들어가게 된다.

이 시기의 시에서 제도 속에 갇힌 개인은 토끼장에 갇힌 토끼의 이미지로 반복적으로 그려진다. 1기의 '날개'가 초월적 세계를 향한 강렬한 동경의 상징이고, 2기의 '달걀'이 비상을 꿈꾸는 생명을 상징했던 것에 비해 3기의 '토끼'는 비약을 향한 긍정의 에너지가 많이 약화된 상태를 반영한다.

난 이 도시에 토끼장이 이렇게 많으리라고는
상상하지 못했다.
주민등록증이 든 가방을
식권처럼 목에 걸고
하루종일 총총 돌아다니다
집으로 돌아오면
아, 인생이란 얼마나 긴
제자리 걸음의 장거리 여행인가!
입맛 없는 토끼풀을 입에 대다가
입을 막고 달려가
수돗물을 틀어놓고
남몰래 목욕탕에서 우는 토끼들.

이 시에서 토끼는 토끼장 같은 제도에 길들여진 채 살아가는 사람들 그 자체이다. 도시 전체가 수많은 토끼장으로 이루어진 형국은 제도의 권역으로 이루어진 현대의 삶과 일치한다. "주민등록증이 든 가방"은 "식권"에 해당한다. 제도가 보장하는 주민으로 등록되어야 기본적인 생존권을 확보할 수 있다. 이 '토끼' 주민이 하루종일 총총거리면서 하는 일이라는 것은 고작 "제자리 걸음의 장거리 여행"이다. 자신의 족적을 돌이켜보며 허탈감과 무기력감에 남몰래 우는 토끼는 존 업다이크의 '토끼' 시리즈에 나오는 주인공을 연상시킨다. 안정된 삶의 조건에도 불구하고 주인공의 내면적 상실감은 계속되고 매일매일 왜소해짐을 느낀다. 틀에 박힌 일상을 보내면서 충족되지 않는 내면의 "어떤 것"으로 고뇌한다.[47] 아무것도 가진 것이 없었을 때 오히려 과감하게 일상을 박차고 나갈 수 있었던 과거에 비해 자신이 가진 것에 연연하는 현재에는 불만스러우면서도 변화를 도모할 수 없는 무기력한 상태에 빠진다.

토끼들은 넥타이를 매고
회사로 백화점으로 거래처로도 가고
신용카드를 쓰고 사인도 하네
행복에 이르는 기나긴 질병
누군들 그 병에 걸리고 싶지 않겠는가

야수적 창조성보다 행복한 순응이 더 좋아

언어의 위선들이여

일상성 속에 적멸보궁이

(그래도 밤새 들리는 철망 덜컹이는 소리)

　직업과 신분은 안정되고 그럴듯한 소득과 소비의 대열에 낄 수
도 있다. "토끼장 속의 평화"는 가까이에 있다. "그 외에 무엇을 더
좋아해야 하는가?" 이것이 행복에 이르는 질병이라면 누군들 그
병에 걸리고 싶지 않겠는가? '뜨거운 진보'니 '야수적 창조성'이니
하는 것들은 '옛 시대의 안개'로 고단한 노역과 불필요한 희생을 강
요한다. 의심하지 않고 '당연'을 따르는 '행복한 순응'이 '일상성 속
의 적멸보궁'을 보장한다. 그런데 "그래도 밤새 들리는 철망 덜컹
이는 소리"는 무엇인가? 업다이크의 토끼 인간처럼 김승희 시의
토끼도 토끼장 속의 평화에 마냥 안주하지는 못한다. "불쌍한 토
끼는 / 지붕 위에 올라가 울고 있다, / 울면서 피우는 하얀 담배연
기는 / 화장터의 무슨 손수건 같기도 하고 / 도주를 도와달라고 /
먼 곳으로 보내는 / 하나의 봉화의 애소 같기도 하다"(「유목을 위하
여 1-누군가 토끼를 몰고 있다」). 틀에 박힌 욕망의 회로로 개인을 내
모는 지배와 착취의 덫은 점점 강화되어가고 그 안에 갇힌 무력한
개인은 필사적으로 구조를 요청하는 절박한 심정이 되어간다.

2) 소외의 자각과 부드러운 탈주

제도의 강화된 틀 속에서 여성은 어떤 위치와 입장을 드러내는가? 여성은 제도의 관리자나 운영자와 같은 지배적 위치에서 거리가 멀다. 제도의 피지배자들 중에서도 이중의 소외를 감내해야 하는 열악한 위치에 놓여 있다. 그런데 아이러니하게도 여성은 자신을 피해자로 만드는 제도를 수호하는 데 앞장서 왔다. "결혼한 여자는 AM의 세계에만 / 머물렀으면 하는 건, 남자중심주의가 만든 / 민속신앙이야. 이상하지, 우리의 속신을 남자를 위해, / 남자를 위해 만들어진 것이 더 많은데 / 여자들이 더 열렬하게 옹호하고 전파한다는 것은."(「결혼의 세계─뉴욕의 희규에게」)에서 제기하는 의문처럼, 여성은 남성중심주의와 결혼이라는 견고한 제도 속에서 자신에게 부가되는 불평등과 편견을 기꺼이 허용할 뿐 아니라 그것을 더욱 공고히 해 왔다. 일당 만 원이 적다고 데모를 하면서도 평생에 걸친 가사노동에 대해서는 무료봉사로 여기는 것을 당연시하는 것이 현실이다. 토끼처럼 몰리는 여성 자신이 "아이들에게 공부나 좀 하라고 / 잔소리나 퍼붓는"(「유목을 위하여 1─누군가 토끼를 몰고 있다」) 먹이사슬의 든든한 고리 역할을 한다.

나 그토록 제도를 증오했건만
엄마는 제도다.

나를 묶었던 그것으로 너를 묶다니!
내가 그 여자이고 총독부다.
엄마를 죽여라! 랄라.

—「제도」 부분

시인은 가차 없는 자기비판을 통해 제도로서의 '엄마'를 부정한다. 종일 금 안에서만 색칠하는 아이를 보며 "누가 그 두려움을 가르쳤을까? / 금 밖으로 나가선 안된다는 것을 / 그는 어떻게 알았을까?"를 돌아본다. 자신은 그토록 선 밖으로 나가고 싶어 했으면서 아이에게는 은연중에 제도에 대한 복종을 주입시킨 것이 아닌지를 반문한다. 총독부처럼 식민 통치의 앞잡이가 되어 아이로 하여금 제도의 명령을 수행하도록 했다는 점을 반성한다. 그리고 과감하게 "엄마를 죽여라!" 하고 외친다. 자신의 의지와 배리되는 제도로서의 엄마를 떨쳐버리고자 하는 강한 부정의 표현이다. 제도로서의 엄마가 되는 것에 저항하는 힘겨운 싸움이 사실은 제도의 무게를 떨쳐버릴 수 있는 의식의 가벼움을 필요로 한다는 생각이 '랄라'와 같은 경쾌한 후렴구로 표출된다.

가벼움은 제도의 무게에서 벗어날 수 있는 중요한 요건이다. 제도로부터 이탈하는 여성의 이미지가 늑대나 호랑이로 비유되는 것도 이와 무관하지 않다.

반시대적

그런 반시대석 때문에

그녀는 점점 더

사이코 토끼라고 불리고 있네

사이코 토끼.

나가지 못하는 괴로움에 맞서서

호랑이는 점점 더 대문자 호랑이가 되어가고

그녀의 육체 안에 거주하고

호랑이는 그녀의 육체가 되고

어느 날

몸은

찢어지리라. 악신의 짐을 떠맡느라고.

— 「사이코 토끼」 부분

    사이코 토끼는 모두가 제도의 울타리에 안주하는 시대에 도저히 적응하지 못하는 시인 자신의 표상이다. 정신착란이 유일한 정치적 행위가 되는 제도의 완벽한 통제 속에서 사이코 토끼는 터질 듯한 분노와 미칠 듯한 탈주의 욕망을 느낀다. 그녀는 토끼로서의 현실을 떨치고 호랑이로서 뛰쳐나가고 싶어 한다. 호랑이란 무엇인가? 그 옛날 "단군신화에서 쫓겨난 어머니 호랑이"(「호랑이 젖꼭지」)이다. "길들여지지 않은 원시의 황금빛 불길"을 내뿜는 반동적 힘의 상징이다. 제도의 요구를 잘 받아들인 곰이 단군신화의 주인공이 된 것에 비해 그것을 참지 못한 호랑이는 영원히 추방당한 몸이 되었다. 그렇지만 사이코 토끼는 자신 안에 호랑이의 몸을 받아들이고 싶어 한다. 길들여지지 않는 원시와 야성의 힘을 떠맡으려 한다. "곰을 밀치고 힘껏 솟구치는 / 호랑이의 야성의 외침과 붉은 털과 발톱이 몸 안에서 / 솟구쳐 오르며, 바깥으로 막 나가서 / 숨막히게 강변을 달렸다"(「고양이 소주와 에리카 종」)는 상상은 단군신화라는 또 하나의 제도로 가두기 이전의, 강렬한 원시적 힘에 대한 동경을 드러낸다. 시인은 솟구쳐오르는 활력과 빠른 속도감에 자주 매혹된다. 그것은 제도권 안의 삶에서 거의 사라지고 있는 강렬한 에너지의 표징이다.

나는 새로운 것이 보고 싶었다.
설거지가 끝나지 않은 역사말고. 정말 새로운 것. 설거지감 냄새가 묻지 않은 그런 새로운 것.

(…중략…)

아아, 난 새로운 것을 보려면
그 믿을 수 없는 높이의 옥상 꼭대기에서
뛰어내려야 한다는 것을 알았다.

뛰-어-내-려?
뛰-어-내-려!

「늑대를 타고 달고 달아난 여인」이라는 이 시의 제목은 클라리사 P.에스테스의 『늑대와 함께 달리는 여인들』과 관련된다. '늑대와 함께 달리는 여인'이란 어떤 세속적 억압에도 순응당하거나 길들지 않고 오직 그가 타고난 그대로의 뜨거운 야성 혹은 거친 창조적 생명력을 잘 보존하고 실현시키며 살아가는 여성을 뜻한다.[48] 위의 시에서 '늑대를 타고 달아난 여인'은 야성과 생명력을 추구하지만 현실과 충돌하는 양상을 보인다. '달아난'이라는 표현이 나타난 것을 그 때문이리라. 이 시의 화자는 널따란 평원이 아니라 위태로운 수직의 공간에 있다. 새로운 것을 보고 싶다는 열망으로 그녀가 가는 곳은 옥상 꼭대기이다. 현대의 보편적 삶의 공간에서 새로운 것을 보기 위해서는 급강하의 모험을 감행해야한다는 극단적 사유가 펼쳐진다. 옥상에서 뛰어내리는 것은 "설거지가 끝나지 않은 역사"로부터 새로운 세계를 향해 달아나는 일이 될 것이다. 제도 속에 있는 현대 여성에게 야성의 기운을 마음껏 발산하며 살아가는 일은 사실상 불가능하다. 제도의 틀과 격렬한 충돌 끝에 장렬하게 산화하기 십상이다.

> 지하철이 뿌연 빛을 비추며 들어오고 있을 때
> 그녀는 땅 아래로 몸을 날려, 떨어져
> 죽고 말았어, 웃으면서, 선로 위에서

지하철의 무게로 삶을 마감한 그녀는 홍건한 피와
뼈다발들, 하얀 머릿수건과 머릿수건에 엉킨
피묻은 머리칼을 조금 남겼네,
끝까지 웃던, 지하동굴을 울리던, 낮고 음습한
웃음소리

난 아르헨티나, 오월광장의 흰 머릿수건 두른 어머니들을
갑자기 기억했네,
80년, 5월, 광주, 무명인들의 묘와 실종자들,
이한열의 관을 뒤따랐던 무수한 만장,
화려한 만장이 산 자여, 따르라고
흐느끼는 것처럼 보였던,
다이아몬드 같은 아프리카의 검은 눈물,
내 아들을 쏘지 말아주세요 말하며
침략군의 탱크 앞을 맨몸으로 막아서던
체첸의 어머니들을,

—「솟구쳐 오르기 · 8 — 나는 웃는다」 부분

 이 시는 시인이 뉴욕 5번가 지하철역에서 지하철을 기다리다
실제로 목격한 광경을 그리고 있다. 옆에 있던 여자가 갑자기 크
게 웃어젖히더니 지하철로 뛰어든다. 정해진 궤도를 어김없이
지나가는 지하철에서 그녀는 "땅 아래로 몸을 날려, 떨어져 죽고"

만다. 앞에서 나온 늑대를 타고 달아난 여인과 같은 행적을 보인 것이다. 마지막 순간에 그녀는 왜 웃었을까? "악령의 뜨거운 희열이 넘쳐흐르는"듯 그녀의 "낮고 음습한 웃음소리"는 지하 동굴을 울린다. 그 순간 시인은 죽음과 분쟁의 현장에서 앞장서던 역사적 어머니들을 떠올린다. 사랑하는 이들의 죽음을 겪으며 분연히 일어서 온몸으로 침략군의 탱크를 막아서던 용감한 어머니들을. 그리고 시인은 미칠 듯 웃음을 터뜨린다. "숨쉴 희망이 부족하고 슬픈 희극, 엉터리 비극이 / 나날이 일어날 때 / 썰물의 물결 하나하나가 가진 / 상실, 박탈, 실종의 사연을 생각할 때" 거침없이 웃음이 터진다. 극한의 상황에서 울음은 웃음으로 전도된다. "절망에 짓이겨진" "검은 웃음"이 터져 나온다. "인간은 웃음을 통해 인간을 구속하던 삶의 조건으로부터 해방되어 삶에 대한 새로운 비전을 얻을 수 있으며, 이를 통해 공식적인 담론의 가면을 벗길 수 있다."[49] 절망적인 제도의 폭력 앞에서 여성들이 행할 수 있는 저항은, 솟구쳐 오르기 위해 땅 아래로 몸을 날리거나 울음을 그치고 웃어젖히는 역설적 행위들이다. 이것은 비록 늑대를 타고 달리는 늠름한 극복의 행위는 못될지언정 늑대를 타고 달아나려는 저항과 부정의 의지를 담고 있다. 제도의 막강한 위력을 간파한 시인은 막연한 희망이나 극복을 꿈꾸지 않는다. 그렇지만 제도라는 감옥에서 탈주하려는 꿈을 잃지는 않는다.

하얀 배추흰나비 한 마리가 날아간다.

이런 아름다운 나비가

우리의 생 속에 있는 것은

가두어진 담을 허물고

바깥으로 나가는 길이 어디엔가 있음을

암시하는 것이다,

신이 너를 바깥에서

무한히 들어올려주려고

기다리고 있는 것이다,

—「유목을 위하여 6─상복을 입은 나비」 부분

'나비'는 제도의 억압에서 이탈할 수 있는 비상의 방식을 대표한다. 한없이 유약한 존재가 무거운 압박 속에서 갖는 의미를 암시한다. 나비의 가벼운 몸짓은 "무상의 무용"에 자신을 내맡겨 "아름다운 무한"에 닿을 수 있다는 깨달음을 준다. 우리를 가두는 두터운 담 너머에 나가는 길이 있으리라는 희망을 불러온다. 나비의 생태는 "부드러운 탈주이면서 / 물과 풀만 있으면 행복한 채로 / 어디로든 떠돌아다니는 / 그런 유목의 무상한 숨결을 지"(「유목을 위하여 7─라파라파」)니고 있다. 유목은 '늑대를 타고 달리는 여인'을 갈망하는 시인이 꿈꾸는 이상적인 삶의 방식이다. 그녀는 제도가 그어놓은 경계로부터 자유롭게 어디로든 떠돌아다닐 수 있는 '부드러운 탈주'를 행하고 싶어 한다. "남루한 냄비 속"(「견딤의 형식」) 같은 삶에서 벗어나 '무한'이 오는 평원에 이르고 싶어 한다. 제도의 압력을 넣고 자유롭게 질수하는 삶을 꿈꾼다.

3) 풍자와 비판의 여성적 전략

3기 시들은 전 시기에 비해 풍자적이고 비판적인 태도가 강화되는 특성을 보인다. 내면의 열정과 고백을 주로 담아내던 이전 시들에 비해 외부세계에 대한 언급이 증가한다. 제도라는 거대한 억압의 실체와 대면하면서 객관적이고 냉정한 판단이 필요해졌기 때문이다. 이전의 낭만적이고 격정적인 어조에 비해 명쾌하고 냉철한 어조가 많이 나타나게 된다. 이미 이전 시기부터 "천재와 광기를 분별 있게 소유한 시인"이라는 평가를 받았고 "시적 구도를 팽팽하게 잡아당기고 있는 힘은 지적인 절도에서 비롯되는 것"[50]이라 하여 그 지적인 면모 역시 인정된 바 있지만, 그녀의 시에서 지성의 작용이 더욱 강화되기 시작하는 것은 3기 이후라고 할 수 있다. 그녀는 지성을 남성의 전유물로 여기는 편견과 달리 남성중심의 제도를 비판하기 위해 지성을 적극적으로 활용한다.

남성중심의 현실에서 벗어난 여성으로서, 또한 시인으로서 그녀는 제도와 시대에 대한 전체적인 통찰을 행하고 절묘한 비유로서 그것을 드러낸다. "플롯은 없고 / 줄거리만 잔뜩 늘어놓은 / 너저분한 삼류소설 / 같은 / 우리 시대"(「탕탕—몽타주 시대」)에서는 저

질의 문학과 시대가 모두 냉소의 대상이 된다. "너저분한 삼류소설"에 대한 염오는 자신의 시대에 대한 감정과 일치한다. 시인은 자신이 접하는 구체적인 문화의 양태들에서 시대를 대변할 수 있는 비유를 찾아낸다. "미주알씨 노고지리씨 / 나대로씨 고바우씨 / 언제부터 이렇게 시사만화 주인공 / 그 이상도 그 이하도 아닌 사람들이 / 살고 있는 세상이 / 우리 새장이 되었나 / 우리 우리가 되었나"(「우리 속의 짜라투스트라」)에서는 신문에 실린 시사만화를 보고 이 시대의 범박하기 그지없는 인간 군상들을 비유한다. 미주알씨, 노고지리씨, 나대로씨, 고바우씨 등이 짜라투스트라를 대신하여 "조그만 뇌옥의 칸살 속에 갇혀" 비분강개를 토해내는 답답하고 초라한 세태가 풍자의 대상이 된다. "당연의 제국이 있다. / 당연의 제국은 생각보다 넓고 단단하다 / 이런 세계에서 시는 무엇일까, / 고통의 스트립쇼 같은 게 시는 아닐까"(「솟구쳐 오르기 · 3」)에서는 시를 '고통의 스트립쇼'로 비유하는 냉소가 나타난다. 스트립쇼처럼 노골적으로 자신을 드러내는 세태로 비유하자면 시는 고통을 숨기지 못하고 노출하는 것이라는 생각을 반영한다. 자신의 시대를 적확하게 비유하기 위해 시인은 폭넓은 사유와 상상을 발휘한다. 제도에 안착하여 반성과 저항이 부재하는 자신의 시대를 '당연의 제국'이라 이름 붙인다. '당연'과 '물론'이라는 무비판적 반응으로 일관하는 세태에 대해 시인은 고통스러운 각성을 멈추지 않는다. 자신의 깨어있는 정신으로 볼 때는 심각한 문제를 안고 있는 시대이지만 모두들 안주를 원하며 갇혀있는 상태를 객관적으로 파악한다. "지금은 벽을 부수는 시대가 아니다 / 벽을 부수는 시대가 아니다 / 기울어진 벽을 부수고 / 새벽을 짓는 그런 시대가 아니다 / 벽을 부수려는 시대는 / 지나갔다"(「벽지 바꾸는 시대」)에서 단언하듯 벽을 부수려는 시대는 지나갔고 벽지나 바꾸는 시대가 왔다는 것을 간파한다. 시인이 자신의 시대에 대해 행하는 전체적인 통찰은 확고하고 비관적이다. "신이 죽었다고 / 저 세기말의 철학자 프리드리히 니체가 / 말한 것은 / 1883년 〈짜라투스트라는 이렇게 말했다〉 속에서였는데 / 신이 죽고 / 드디어 인간이 죽기까지 / 꼭 백 년이 걸렸다는 것을 / 1991년 한국 서울 / 에서 우리는 확인할 수 있다"(「부엉부엉」)에서처럼 인류의 역사와 지성사에 대한 포괄적인 이해를 판단의 근거로 삼기 때문에 현실에 대한 진단은 더욱 설득력이 있다. 말세와 다를 바 없는 극한의 사건들을 보며 신의 죽음보다 더 절망적인 인간의 파멸을 선언한다. 그녀의 지성은 편견 없이 자신의 시대를 파악하고 날카로운 비유로 그것을 포착할 수 있게 한다.

공자 왈, 맹자 왈,
예수 가라사대, 석가 가라사대,
석가 가라사대, 국가 가라사대 ……
태어나면서부터 우리는
왈과 가라사대의 시청자로 등록되었다,
특별입양 신청을 청원하지도 않았는데

태어나면서부터 우리는 기성복의 말 속에

입양되어 버렸다,

너답게 되기 위하여서라고,

입양된 아이는 당연의 세계 안에 편입됨으로써, 오히려, 자신이 되는

아이러니가 있다,

—「왈, 가라사대」 부분

'당연'과 '물론'의 세계를 지배하는 남성적인 언어에서 자유로운 여성이라는 점이 시인의 전방위적인 비판을 가능하게 한다. 공자, 맹자, 예수, 석가 등 모든 '왈'과 '가라사대'의 주체들은 인류 역사상 가장 존경받아온, 영향력 있는 성인들이다. 또한 남성들이다. 하나의 절대적인 제도를 이루고 지배자의 위치에 놓인다는 점에서 그들은 '국가'와 마찬가지로 권력의 상징에 해당한다. 그들의 막강한 영향력은 태어나면서부터 우리의 시청각을 지배한다는 것, 도처에 편재하는 기성언어의 주체라는 점에서 드러난다. 자신의 태생적 언어를 확인할 겨를도 없이 우리는 그들의 언어로 '입양'되어 버린다. 그들은 그것이 "너답게 되기 위하여"라는 지배자의 논리를 내세운다. 본래의 자신을 알지도 못한 상태에서 당연의 세계에 편입되면서 그것을 자신이라고 믿게 되는 '아이러니'를 시인은 놓치지 않는다. 아이러니를 유발하는 제도의 이중적인 면모를 드러낸다. "바야흐로 시대는 수세식 변기의 시대여서 / 수세식 변기 속은 그토록 희고 / 아무것도 비추지 않

는 거울처럼, 원죄도 없으신 / 성모 마리아님처럼 깨끗하고 순결
했지"(「사산의 시대」)의 "수세식 변기 같은 시대"는 부끄러운 죄가
순결로 탈바꿈되는 아이러니한 세태를 함축한다. "인형들의 평
화주의만큼 무서운 것은 없어"(「인형의 시대·1─무뇌의 오뇌」)라고
할 때는 비판적 사고가 마비된 동시대인들의 무뇌적 상태와 평화
주의가 야기할 수 있는 "행복의 형식" 또는 "자살의 형식"의 아이
러니를 섬뜩하게 각성시킨다.

　제도의 압력과 개인의 진실이 충돌하는 지점에서 아이러니는
발생한다. 강력한 제도에 미약한 개인이 대면하는 아이러니한
상황에서 개인의 반응은 역설적이다. "석탄처럼 시커먼 절망에
짓이겨진, / 까마귀 날개들의 대운하를 토하며 / 진폐증에 걸린
우리 시대의 폐로 / 나는 웃는다"(「솟구쳐 오르기 ·8」)에서처럼 울
음이 웃음이 되는 역작용이 나타난다. 여성으로서 시인은 강력
한 억압에 대해 약자가 행할 수 있는 소극적이지만 분명한 저항
을 멈추지 않는다.

　시인이 여성으로서 접하는 일상적 삶의 매 순간은 날카로운 지
성이 개입된 비판과 풍자의 장이 된다. "현대적인 너무나도 현대
적인 / H백화점에 가면 / 지하 2층 음악분수 광장에서부터 / 지상
6층에 이르기까지 / 최대다수의 최대행복을 위해 / 없는 것이 없
이 다 있었다"(「울부짖음」)와 같이 현대여성으로서 자주 행하게 되
는 쇼핑의 순간에도 그녀의 비판적 시선은 어김없이 작동한다.
"모피가게와 벨지움산 양탄자, 첨단 테크노피아, / 악기상점 옆에

문학 코너가 있고 / (문학 코너라니? 문학이 코너로 될 일이야?)"에서 예리하게 파악하고 있듯이 이 시대에 문학은 온갖 사치품과 첨단기기와 문화상품 옆에 '코너'로서 존재한다. 시인은 문학이 코너로 될 일이냐며 분개하지만 그나마 문학코너를 채우고 있는 것은 김밥이나 국수처럼 팔리기를 기다리며 앉아있는 베스트셀러 시집들이다. "최대다수의 최대행복"이라는 현대적 소비의 이상을 소비하는 백화점에서 시인은 정신이 소멸하고 문학이 타락한 현실을 확인하고 날카롭게 풍자한다.

시인은 자신이 접하는 현실을 객관적으로 제시하는 것이 오히려 현실의 병리를 더욱 실감나게 드러낸다는 사실을 인지한다.

> 한밤중에 이루어진 다국적군의 바그다드
> 시가 공습에 대해 한 기자는
> 〈미국 독립기념일의 불꽃놀이를 일백 배 확대한 것 같다〉
> 고 말했고,
> 미 ABC TV의 앵커맨 피터 제닝스는
> 〈이것은 멋대로 진행되는 쇼〉라고
> 토를 달았다.
> 한국의 한 증권사 객장에서는
> 〈막상 전쟁이 터지고나니 후련합니다.
> 주가가 폭등해 얼마나 다행인지
> 모르겠어요〉

라면서 투자자들은 오히려 전쟁을

즐기는 것 같았다. (1991년 1월 19일자 『동아일보』 부분)

　　　　　　　　— 「나는 쇼핑한다 고로 나는 존재한다」 부분

　이 시에서는 페르시아 만에서 발발한 전쟁에 대한 사실적인 보
도를 편집해놓고 있다. 전쟁을 불꽃놀이나 쇼로 여기거나 주가
폭등의 원인으로서 반기는 유력 언론사 보도를 가감 없이 제시함
으로써 충격을 가한다. 이러한 편집에는 사실과 그에 대한 반감
의 충돌을 예견하는 지성적 판단이 개입하고 있다. 사실에 대한
객관적인 제시는 시인의 직접적인 논평보다 더 효과적이다. 3기
부터 시인은 갖가지 경로로 얻어낸 텍스트들을 병치시키는 편집
술을 자주 활용한다. 자신만의 언어로 자신만의 내면의 진실을
담아내야 한다는 낭만주의적인 성향이 감소하는 대신 타인의 텍
스트들을 편집하여 재텍스트화하는 포스트모더니즘적인 기법을
도입하기 시작한 것이다. 시에 대한 고전적 규범에 머물지 않고
과감한 실험을 통해 새로운 효과를 창출하려 한다. 시인의 자아
가 강하게 투영되는 낭만주의적 성향의 시들에 비해 새로운 기법
의 시들에서는 객관적 거리를 유지한 채 편집자적인 역할을 행한
다. 이러한 작업을 성공적으로 이끄는 것은 텍스트들의 편집과
정에서 새로운 의미를 생성시키는 지성의 작용이다.
　편집술과 패러디 등 기성 텍스트를 활용하는 시에서는 현실에
대한 비판적 의미가 강화된다. 제도적 현실에 대한 비판을 행하

는 시들의 새로움은 여성으로서의 시각과 무관하지 않다. 시인
은 자신이 접하는 많은 인상적인 텍스트들을 기꺼이 인용하는데,
이것이 단순한 모방에 그치지 않고 여성으로서의 자각을 반영할
때 더욱 생산적인 의미를 발생시킨다.

> 어느 사이엔가
>
> 우리는
>
> 누군지 모를 토끼를 몰고 있는
>
> 몰이꾼이거나
>
> 누군지 모를 토끼에게 몰리고 있는
>
> 몰리는 토끼이거나 하는 것이다,
>
> (十三人의兒孩는무서운兒孩와무서워하는兒孩와그렇게뿐이모였
>
> 소.〈다른事情은없는것이차라리나았소〉)처럼
>
> 지평의 속도 위에서는
>
> 단지 몰리는 불안과 모는 갈증이
>
> 있을 뿐,
>
> 그리하여 멈출 수 없는
>
> 파시스트적 질주만이 있을 뿐
>
> ──「유목을 위하여 1─누군가 토끼를 몰고 있다」 부분

이 시에는 여러 층위의 상호텍스트성이 작용하고 있다. 우선
인용 부분의 바로 앞에서 제시된 토끼의 풍모는 현대적 일상의

한가운데 있다 — 신문을 던져버리고, TV를 꺼버리고, 아이들에게 공부하라고 잔소리를 퍼붓는 — 는 점에서 존 업다이크의 토끼 인간을 연상시킨다. 일상성에 매몰된 현대인의 표상으로 시인은 존 업다이크의 인상적인 토끼 인간을 활용하고 있다. 존 업다이크의 토끼인간이 남성인 것에 비해 이 시의 토끼는 여성에 가깝다. 이 토끼 여성은 누군가(남성)에게 쫓기면서 또 누군가(아이들)를 몰고 있어 이 가열찬 질주의 한가운데 놓여있다. 인용 부분에서 시인은 이상의 유명한 시 「오감도」를 끌어와서 무서운 아이와 무서워하는 아이와의 숨막히는 질주를 재현한다. 쫓고 쫓기다 보면 서로간의 구분도 없이 "멈출 수 없는 파시스트적 질주"만이 남는 광적인 사태를 강조한다. 김승희의 텍스트 속으로 들어온 이상의 「오감도」는 애초의 난해함에서 벗어나 보다 선명한 의미를 드러낸다. 이상의 '아이들' 역시 '토끼들'처럼 제도 안에 갇힌 약자들이면서 이유도 모르는 채 쫓고 쫓기는 광란의 질주를 하고 있다는 점이 확연해진다. 김승희는 이 끝없는 질주의 원인을 현대적 욕망의 지배와 착취 구조로 파악하고 그로부터의 도주하려는 희망을 보인다. 제목으로 쓴 「유목을 위하여」의 '유목'은 들뢰즈 식의 삶의 방식을 뜻한다. "몰리는 불안과 모는 갈증이 있을 뿐"인 위 시의 공간은 욕망의 생성과 관련된 여러 조건이나 항목들의 관계망인 '배치(assemblage)'를 연상시킨다. "욕망은 자연적이고 자발적으로 결정되는 것이 아니라 배치하고 배치되는 것이자 기계적인 것이다. 배치의 합리성이나 효율성은 이러한 배치가 유도하는 정념들 없이는, 또 이러한 배치를 구성하는 동시에 이러한 배치에 의해 구성되는 다양한 욕망들 없이는 존재할 수 없다."[51] 배치적 접속의 산물로서 구성된 욕망이 일정한 방향성과 고정된 틀을 가질 때 영토화가 이루어진다. 제도화된 배치에 순응하는 사람들은 안정감을 가지고 정착해서 살아가게 된다. 들뢰즈가 '홈 패인 공간'이라고 한 제도권의 가치관과 생활방식에 안주하여 여기서 벗어나지 않으려 하는 사람이 정착민이다. 그런데 아무리 안정된 영토라 하더라도 반드시 그로부터 벗어나기 위한 단서가 되는 여백이 있다. 이 여백을 들뢰즈는 '탈주선 (line of flight)'이라 부른다. 이 탈주선을 따라 영토의 안정된 배치가 일그러지기 시작하고 동시에 새 배치가 형성되는데 이를 '탈영토화(deterritorialisation)'라 한다. 이러한 탈영토화의 방향으로 나가기 위해 실제로 영토를 떠날 필요는 없다. 그러나 결국 방금 전까지 영토적 배치물 속에서 형성된 기능이었던 것이 이제는 다른 배치물을 조성하는 요소로, 또 다른 배치물로 이행하기 위한 요인으로 변화한다.[52] 이 시는 닫힌 공간에서 무조건적으로 질주하는 '홈 패인 공간' 속의 제도화된 삶을 자각하며 정주를 거부하고 '탈영토화'에 이르는 자유로운 삶에 대한 지향을 표출한다. 매이지 않는 자유로운 삶에 대한 시인의 강렬한 추구는 우리의 기원신화인 단군신화의 가치관까지도 뒤집는 역동성을 보여준다. 체제에 순응한 곰보다 그것을 거부하고 뛰쳐나간 호랑이에게서 원시적 힘과 탈주의 본능을 발견한다. 이는 여성시인으로서 남성중심의 제도에 의해 형성된 고정관념에서 자유롭기 때문에 가능한 비판적 사유의 성과이다. 시인의 창조적이고 비판적인 지성은 신화의 고정된 의미를 반복하지 않고 그것이 억압해온 것이 무엇인지를 간파하고 적극적으로 새로운 의미를 창출해낸다. 여성적 글쓰기의 전략으로 별로 주목받지 못했던 지성적 비판의 능력을 활용하여 기존의 남성 중심적 사유에 대한 전면적인 반성과 대안을 제시한다.

4. 제국주의의 부정과 여성의 재인식

『빗자루를 타고 달리는 웃음』(2000)과 『냄비는 둥둥』(2006)을 내놓은 4기에 이르러 김승희의 시는 더욱 폭넓은 시야를 확보한다. 시인은 자신을 둘러싼 현실 상황에 대해 예리한 자의식을 보여왔는데, 특히 제도나 정치의 영향력에 대한 인식이 점차 뚜렷해진다. 1기에 자신만의 내면에 몰입했고 2기에 일상의 감옥을 의식하기 시작했다면 3기에는 현실을 결정짓는 보다 견고한 제도의 문제를 파악한다. 4기에 이르면 변화하는 국제 정세 속에서 약소국의 삶 전체를 지배하게 된 신자유주의의 영향력을 간파하고 그에 대한 비판적 의식을 드러낼 정도로 시인의 현실인식은 구체화된다. 주관적인 관념과 내면의 열정이 승했던 이전 시기의 시들에 비해 점차 이성적 분별력과 비판의식이 강화되는 변화를 살필 수 있다.

여성에 대한 의식 역시 더욱 논리적이고 명료하게 변화하는 양상을 보인다. 출산과 육아로 인해 자연적으로, 육체적으로 경험하게 되었던 여성으로서의 자의식은 여성을 둘러싼 제도와 사회의 문제에 대한 의식으로 확산되어 나간다. 개인적인 체험에서 시작된 여성의식이 여성의 보편적인 삶에 대한 통찰로 확장되어 간다.

이렇듯 현실과 여성에 대한 의식이 거시적으로 변화하게 된 것은 연륜의 심화와 관련될 뿐 아니라 해외 체류의 경험과도 무관하지 않아 보인다. 시인은 신자유주의의 종주국인 미국에서 몇 년간 생활하면서 세계 경제의 관련 양상을 보다 포괄적으로 사유하게 되었을 것이다. IMF와 같은 국가적 재난이 왔고 신자유주의 자본이 세계를 사냥하러 다니는 전지구적 시스템 안에서는 어디서든 그것(전지구적 자본, 경제 / 문화 식민 권력) 우리가 원하든 원하지 않든 간에 이 시대, 이 시스템 안의 모두를 하위주체로, 타자─여성으로, 유색인종─흑인으로, 수동태 문장으로, 대문자 주인의 말이 기입되기를 기다리는 한없이 온순한 빈 공백으로 등록시키고 있다는 것을 파악하게 된다.[53] 미국에서 그녀는 세계 각국의 여성들과 접촉하면서 여성 삶의 일반적인 양상에 대해 인식하게 된다. 여성으로서 연대감을 느끼며 여성의 역사에 대한 관심을 확대한다. 우리 여성시의 질적인 전환을 가져왔던 김승희의 시는 결코 제자리에 안주하지 않고 시대의 변화와 호흡을 함께 하며, 끊임없이 확대 · 심화되어 왔다.

1) 제국주의적 일상의 여성 지배

4기에 이르러 현실에 대한 시인의 비판적 의식은 더욱 분명해진다. 시인은 개인의 삶이 전체적인 제도의 틀과 무관할 수 없다는 사실을 뚜렷하게 인지한다. 현대의 삶을 지배하는 자본주의가 개인적 일상의 구석구석까지 침투해 있는 것이 그 대표적인 예이다. 자본주의의 발달은 단순한 생산과 소비의 관계를 넘어서 국가 간의 무역 불균형 문제가 깊숙이 개입되는 상태에 이르렀다. 시인은 이러한 제국주의적 자본주의가 개인의 일상에까지 침투해 있는 양상을 예리하게 포착한다.

상품으로 포장된 제국주의는 자체의 매력으로 인해 강제력을 행사하지 않고도 세계만민을 지배한다. 신자유주의는 이전의 제국주의와 다른 형태의 고도로 전략적이고 은밀한 지배를 행한다. "랄프 로렌 침대 시트 / 캘빈 클라인 포푸리 / 게스의 기저귀 선반 / 다나 캐런의 티세트 / 크리스챤 디오르 디너 웨어 / 글로리아 밴더빌트의 야외용 가구 // 저렇게 많은 세계적 유명 인사들이 / 너, 너, 너를 부른다 // 아, 나는 그 얼마나 특별한 사람인가!"(「제국주의가 간다.」)에서 희화화하고 있듯이 신자유주의로 무장한 제국주의는 갖가지 현란한 상품들로 자발적 소비를 유도한다. 그리하여 신자유주의 하의 무분별한 대중은 소비하는 제품의 등급과 소비 주체의 가치를 등가로 인식하는 세뇌 상태에 있다. 상품이 사람을, 대상이 주체를 압도하는 전도 현상이 삶의 곳곳에서 일어난다. "캘빈 클라인이 나를 입고 / 니나리치가 나를 뿌린다 / CNN이 나를 시청한다 / 타임즈가 나를 구독한다 / 신발이 나를 신는다 / 길이 나를 걸어간다 / 신용 카드가 나를 소비하고 / 신용카드가 나를 분실 신고한다"(「식탁이 밥을 차린다」)는 주객전도의 양상이 현대인의 삶을 지배한다. 많은 현대인들은 주체성을 상실한 채 이처럼 자동화된 의식과 동일한 가치관에 따라 살아간다.

> 이 타, 타, 타, 타자기의
> (왜냐하면 그의 이름은 대형이니까)
> 노예 노예는 언제나 명령보다 늦게 도착하기 때문에
> 지각하는 것이고 노예인 것이니
> 이 대형, 신자유주의는
> 모든 사람을 타자로 타자기로, 지각하는 노예로 만들며
> (왜냐하면 그의 이름은 대형이니까)
> 타, 타, 타, 타자기는 달려간다
> 거북아, 너는 이제 죽어도 토끼의 간을 가져올 수가 없다
> 너는 안 보이는 대형 타자기에 난타되면서

으깨지면서 숙어가는지

아니면 소름끼치도록 대형을 사랑할 수밖에 없다

—「대형 가라사대」부분

거대 자본이 소규모 자본을 모조리 흡수하는 것이 신자유주의의 생리이다. 거대 자본은 앞서나가며 모든 사람을 노예화한다. 신자유주의 체제 하에서 강자와 약자의 차이는 극복할 수 없을 만큼 벌어진다. 최강자를 제외한 모두가 사라져버리거나 노예가 되어 그것에 종속된다. 주체성을 상실하고 거대자본이 내놓은 상품을 탐닉하고 무조건적으로 신봉하는 현대인들의 일상은 신자유주의의 막강한 권력을 증명한다. 신자유주의 하에서는 "자석이 자석을 끌어당기듯이 / 돈이 돈을 끌어당긴다 / 부유가 부유를 끌어당기고 / 병이 병을 끌어당긴다."(「신자유주의」) 강자가 더욱 강해지고 약자는 더욱 약해진다. "돈 속에 아버지의 쓰러진 논두렁이 보인다 / 돈 속에 어머니의 파란 하지정맥류가 보인다." 약한 자본과 약자들이 병들고 사라져간다. 철저히 약육강식의 법칙으로 운영되는 신자유주의의 생리를 파악하는 시인의 눈길은 냉철하다.

일상의 곳곳에 깃든 제국주의의 영향력을 간파하는 시인은 그것이 가장 기본적인 사회적 관계인 결혼제도 속에도 철저하게 자리잡고 있다는 점을 놓치지 않는다.

성채를 흔들며 신부가 가고

그 뒤에 칼을 든 군인이 따라가면서

제국주의가 시작되었다고 한다

부케를 흔들며 신부가 가고

그 뒤에 흰 장갑을 낀 신랑이 따라가면서

결혼 예식은 끝난다고 한다

모든 결혼에는 흰 장갑을 낀 제국주의가 있다

그렇지 않은가?

—「사랑 5 – 결혼식의 사랑」 전문

　서세동점의 제국주의 시대가 선교활동과 함께 열렸다는 것은 상식에 해당하는 이야기이다. 평화를 가장한 폭력, 정신으로 위장된 물리력이 제국주의의 본질이다. 시인은 이런 제국주의의 풍경과 나란히 결혼식장의 장면을 병치시켜 놓는다. 신부(神父)와 신부(新婦)의 대비가 절묘하다. 구조상 "흰 장갑을 낀 신랑"은 "칼을 든 군인"과 짝을 이룬다. 제국주의의 '시작'과 결혼 예식의 '끝'이 맞물린다. 흰 장갑은 제국주의의 가면이다. 흰 장갑을 벗는 순간 결혼은 제국주의의 본색을 드러낸다는 것이다. 시인은 "모든 결혼에는 흰 장갑을 낀 제국주의가 있다"라는 단언적 명제에 동의를 구하려는 듯 "그렇지 않은가?"라는 부가의문문을 덧붙인다.

시인은 종종 남성의 제국주의적 지배와 여성의 피지배 관계를 일반화한다. "세상의 여자들은 말하네 / 우리에게 하느님은 너무 멀리 있고 / 남자는 너무나 가까이 있다"(「사랑 2」)에서도 남성의 압도적인 지배력을 부정하는 여성들의 인식을 일반화해서 표현한다. 남성에 의한 여성 지배가 전세계적으로 일반적인 현상이라는 확신이 있기 때문이다.

결혼의 제국주의적 구조 속에서 여성은 일방적인 약자이다. 여성은 남성 중심의 제도에서 필요로 하는 강력한 요구들을 끊임없이 수행해야만 한다. "불을 갖고 시집을 왔더래, / 화로에다 불을 갖고 / 머리에다 이고서 시집을 왔더래, / 그래갖고는 불을 사르고 그랬더래 / 꺼뜨리면 안된다 해서 / 애지중지 불을 지폈는데 / 불이 그만 꺼져버렸더래"(「시집가는 여자의 불」)에서 여자에게 요구되는 절대적 가치는 '불'로 상징된다. 생활에서 가장 중요하지만 위태롭기 그지없는 불씨를 지키는 것을 여자의 임무로만 규정했던 것처럼 결혼생활은 여성들에게 지나친 부담을 지어온 것이 사실이다. 그리하여 불을 지키지 못한 여성의 가슴이 불에 먹혀버리는 사태가 일어났던 것이다.

결혼에서 여성에 대한 남성의 제국주의적 지배의 역사는 길다. "나는 땅을 다스리려고 내려온 환한 천제의 아들 / 피조물 부분도 가장 더럽고 가장 어두운 / 이 죄의 덩어리를 어찌할까, 한참을 숙고하였더니라 / 금기를 주었더니라"(「사랑 6—환웅의 독백」)에서는 웅녀와 결혼한 환웅의 차별적인 발언을 극화하여 남성 중심의 강고한 제도를 강조한다. "천제의 아들"과 "죄의 덩어리", "하늘"과 "땅"의 결합은 불공평하기 그지없다. 자신의 뜻에 어긋나는 모든 일들이 "에미" 탓으로 돌려진다. 자신만만한 환웅의 일방적 목소리만이 넘쳐난다. 이러한 불공평한 관계는 현대의 부부 사이에서도 다르지 않다. "당신과 나의 성 사이에는 / 너무나도 많은 신자유주의적 유교적 경제적 교육적 민족적 과부하가 걸려 있다"(「부부의 성」)고 할 때 부부 사이의 과부하는 대개 남성 우위의 일방적인 관계에서 기인한다. 남녀 간의 사랑과 성이 단지 그것에 그치지 않고 너무 많은 외적인 원인들에 의해 과부하 상태가 되는 것 또한 현대적 삶의 일반적인 양상이다. 과부하로 위태로운 부부 사이는 항상 활화산의 긴장이 넘친다. 한바탕 김을 뿜고 용암이 흘러내리는 대격동을 겪고 난후 "인류와 문명의 잔혹한 잔해 위에 남은 / 최후의 / 아니 최초의 / 온몸에 금빛 용암을 칠하고 나타난 / 여와 남 / 그런 나날의 결혼과 / 나날의 재혼"(「사랑 12–두 개의 달걀을 위한 그랜드 듀엣」)이 반복된다. 시인은 세상이 끝날 듯한 격렬한 싸움을 반복하다 평생이 가는 것으로 결혼을 희화화한다. 성과 사랑의 조화를 넘어서는 불평등이 지속되는 한 결혼이라는 제도는 제국주의적이라는 오명에서 벗어나기 어려울 것이다.

제국주의와 여성은 강자와 약자의 극단적인 대비에 해당한다. 제국주의에 의한 여성의 실질적인 희생이 적나라하게 그려진 시들이 있다. 약육강식의 먹이사슬과 흡사한 제국주의의 구조에서 힘없는 여성은 가장 밑바닥에 해당한다. 그녀들은 최악의 희생을 당해도 보상을 받지 못한다. 대표적인 예가 위안부 할머니들과 윤금이 같은 여성들이다. 그녀들의 희생이 결코 무화되어서는 안 된다는 강한 신념으로 인해 시인은 역사적 사실에 의거한 구체적인 진술들을 시에 도입한다. "매주 열리는 일본 대사관 앞 수요 집회에 / 상복 입은 할머니들이 모여 서 있다 / 비엔나 소년 합창단처럼 맑게 무엇을 지저귐 지저귐하고 있다 / 1942년 초등학교 5학년이었던 소녀가 / 어느새 독립 국가의 의젓한 할머니가 되었다고 / 기지촌 셋방에서 마이클 이병에게 맞아 죽은 윤금이는 / 코카콜라 병을 국부에 꽂고 / 우산대로 맞아서 눈알도 빠져나온 채로 죽었다고"(「문 밖에 계시는 어머니」)에서처럼 차마 언급하기 어려운 진실을 직설적으로 드러낸다. 어떤 수식도 없이, 사실 그 자체가 갖는 무게를 그대로 옮겨놓는다. 제국주의의 횡포가 가장 약한 여성들을 휩쓸고 간 처참한 장면을 가감 없이 드러낸다. 그렇게 희생당한 여성들을, 어머니들을, 아직도 문 밖에 세워놓고 외면하는 이 땅은 제국주의의 그늘에서 벗어나지 못한 식민지 상태와 다를 바 없다. 「여왕의 날씨」에서 제국주의에 대한 저자세와 식민지 여성의 희생은 대조를 이루며 더욱 선명하게 부각된다.

　　날씨에도 살결이 있다면
　　오늘은 여왕의 살결 같은 날씨
　　엘리자베스 여왕이 안동 하회 마을에 갔다고

73세, 전통 법도에 따른 (조선의) 생일 상을 받았다고

눈물이 살풋 유리구슬 같은 파아란

눈동자에 비쳤다고

여왕이 해외에서 생일날을 보낸 것은

비상한, 드문 예외적인 일에 속한다고

이 영광을

이 열광

이 열강

신이여 여왕을 축복하소서

일본 대사관 앞 수요 집회에 할머니들과

수녀님들이 서 있네

참 그런데 오늘 훈 할머니는 어디 있나?

의기 논개 적장 게야무라 로쿠스테와 영혼 결혼

「영혼을 돌려 달라」

「영정은 반환할 수 있지만 영혼은 안 돼」

— 「여왕의 날씨」 부분

영국의 엘리자베스 여왕은 여성이지만 제국주의의 상징과 같은 인물이다. 엘리자베스 여왕에 대한 영국인들의 유별난 흠모에는 엘리자베스 1세 때의 제국주의적 위력에 대한 향수가 내재해 있다. 여왕의 모든 것은 언제나 최상급의 수사가 된다. 가령

'여왕의 살결 같은 날씨'는 가장 좋은 날씨를 의미한다. 문제는 영국 여왕의 방문을 대단한 은총인양 반기는 식민지 체험 국가의 반응이다. 여왕이 73세 생일을 우리 땅에서 맞으며, 조선의 전통 법도에 따라 생일상을 받게 되었다고 대서특필하고 영광스러워하는 것이다. '영광'이 '열광'이 되고 다시 '열강'으로 바뀌며 주의 열강에 대한 비굴한 태도를 조롱하는 냉소적인 말놀이가 흥미롭다. 최고 권력의 상징인 여왕의 일정과 대조하여 가장 힘없는 여성을 대표하는 위안부 할머니들의 집회가 거론된다. 식민 체험 국가의 변방에 출현한 여왕의 행보가 대대적인 보도의 대상인 것에 비해 제국주의의 직접적인 희생자인 위안부 할머니들의 정기적인 집회는 별다른 관심의 대상이 되지 못한다. 식민 국가에서도 가장 약자로서 여성들이 겪은 고난은 여전히 무시되고 있는 것이다.

식민지시대의 희생자들에 대한 반성과 보상이 제대로 이루어지지 않고 있는 무력한 현실은 또 다른 희생을 부른다. 미군 장갑차에 의해 희생당한 효순과 미선 사건은 아직도 거대 제국의 그늘에서 벗어나지 못하는 이 땅의 현실을 반영한다. 한미 합동조사 결과 누구에게도 과실을 물을 수 없다는 것으로 종결된 이 사건으로 인해 시인은 "지워지지 않는 운동화 얼룩에 대하여 / 떨칠 수 없는 역사에 대하여 생각한다, / 처음엔 불그스레했던 것이 차츰 푸르스레해졌는데 / 신생아 아들 엉덩이에 퍼져 있던 몽고반점 같다고"(「나는 그렇게 들었다」) 생각한다. 효순과 미선 사건이 우리의 몸에 영원히 각인되는 몽고반점처럼 시간이 가도 지워지지 않는 역사의 상흔이 되었다는 뜻이다. 이는 약자의 희생을 강요하는 무자비한 역사가 여전히 반복되고 있음을 상기시킨다.

2) 고난의 공유와 자매애

　제국주의라는 막강한 권력에 대한 인식이 강화되는 4기 시에서는 그 구조 속에서 약자이며 희생자로서 고난을 겪어온 여성들의 오랜 역사에 대한 관심도 증가한다. 이 시기에는 특히 강한 억압 속에서도 여성들 특유의 저력과 역동성이 표출되는 양상에 주목한다. 또한 고난을 공유하면서 여성들끼리 갖게 되는 연대의식에 대해서도 뚜렷하게 감지하기 시작한다. 오랫동안 이어져온 약자의 역사 속에서 나름대로 지속되어온 긍정적인 가치들을 추적한다.

　　　수련은 누가 꽃피우나?
　　　창백한 절벽의 이슬 모은 것 같은 흰빛 한봉지,
　　　처녀 수태, 신경쇠약의 새벽,
　　　물속에 빠져 죽은 여자들이 얼마나 많을 것인가?
　　　침몰, 수몰 ……

바닷속까지 갔는데 거기 용궁이 없어서

용궁이 없어 무서워서

떠오르려고 다시 떠올라보려고

물에 빠진 여자들의 발버둥치는 사랑이 밀어올린,

빛이 있을 동안 걸어가라고 하셔서

—「수련은 누가 꽃피우나?」 전문

김승희의 시에서 그저 아름답고 사랑스러운 꽃은 존재하지 않는다. 모든 꽃이 고통과 상처의 기억을 가지고 있다. 수난의 여성사와 마찬가지로 김승희 시의 꽃말에는 고통의 흔적이 아른거린다. 시인에게 수련은 '흰빛 한봉지' 같은 느낌으로 다가온다. 수련의 창백한 흰빛은 순탄치 않은 여성의 삶을 연상시킨다. 시인의 상상은 처녀 수태로 신경쇠약에 시달리는 가련한 여성을 떠올린다. 얼마나 많은 여성들이 원치 않는 임신과 세상의 따가운 시선으로 인해 극단적인 죽음을 선택했을까? 물에서 떠오른 수련은 물속에 빠져죽은 여자들의 사연을 연상하게 한다. 수련과 용궁의 상상은 심청전의 내용을 비틀고 있다. 심청이 물에 빠진 후 용궁에 가서 용왕을 만나고 연꽃으로 다시 태어나게 되는 것과 달리 이 시에 나오는 여자들은 용궁을 발견하지 못한다. 현실에서 배척된 여자들의 운명은 철저히 비극적이다. 용궁이 없는 완전한 절망의 심연이 무서워 여자들은 발버둥치며 솟아오른다. 빛에 대한 끝없는 동경, 삶에 대한 끈질긴 애착이 여자들을 수련으로 피워올린다. 이 시에서의 수련은 심청이 얻은 발복과도 거리가 멀고 불교에서 말하는 신성의 상징과도 다르다. 이 수련은 운명적 고난에 희생당한 여성들과 그녀들의 간절한 삶의 열망을 보여준다. 온몸에 빛을 담아 재생한 수련은 전생의 어둠을 떨치려는 듯 애절하게 빛난다.

시인은 여성과 관련된 모든 상징에서 여성들의 고난과 꿈을 발견한다. 「여자의 지중해」에서는 대보름달을 보면서 "크고 둥글고 단물에 흠뻑 취해 / 단 한번의 달꽃으로 피어나고 있는" "여자의 지중해" 같다고 한다. '달꽃'은 단 한번 환희의 절정을 맛보고 스러지는 운명을 뜻한다. 시인은 그토록 탐스런 달의 뒷모습은 어떤 모습일까를 상상하면서 "임종 직후 혼자 버려져 있던 그녀의, / 초고속으로 졸아붙은 울퉁불퉁 검은 뒤통수"를 떠올린다. 찰나의 개화를 끝으로 급속도로 쇠멸하는 여성의 삶을 떠올린다. "이 땅의 액운과 재앙들을 한몸에 거머쥐며 / 다시는 되풀이될 수 없는 불의 춤을 그으며" 사라지는 달집은 평생을 희생적인 "슬픈 사랑"에 바친 어머니들의 삶을 연상시킨다.

몸에 생명의 바다를 지닌 채 척박한 땅의 삶을 살아야 하는 지중해 같은 여성들의 삶은 나날의 격전을 치루며 망가져 간다. "어쩌다가 저렇게 망가졌을까, / 이마엔 정맥이 물컹물컹 돋아나고 / 손등엔 모래사막을 거느린 알타이 산맥 같은 힘줄이 불끈불끈, / 엄마는 왜 저렇게 험악하고 향기가 없나"(「미스터 맘마」)라고 한탄

하리만치 "종군기자와도 같은 하루"를 보내며 여성들은 부드러움을 잃어가는 대신 폭발적인 힘을 얻는다. 여성들은 자신에게 가해지는 고난을 밀고나가 강력한 에너지로 형질 전환을 이룬다.

나는 프리다 칼로다
척추에 버스 철골의 끼고
전신마비 침대를 타고 나는 이 거리를 달린다,
빛이 직진하듯이

침대는 나의 마차, 사방에 오색 꽃이 피었고
천장에는 거울이 달린 빅토리아식 침대,
덜그덕거리는 거울 속에 흔들리는 나를 보며
나는 웃음 속으로 직진한다, 빛이 직진하듯이

달리는 과속에 거울은 깨어지고
직진하는 빛 속에 나는 프리다 칼로
수억 개의 초현실주의자
뉴욕 빌딩 위에 휘날리는 멕시코 치마 그러한 빛의 탱고

—「탱고 프리다 칼로」 부분

프리다 칼로는 상처받은 여성의 대명사이다. 그녀는 소아마비 장애를 안고 태어난 데다 17세에 버스의 철골이 척추를 관통하는

끔찍한 교통사고를 당하면서 평생 척추마비의 상태로 살아가게 된다. 교통사고 후유증으로 전신마비가 되어 침대에서만 생활하게 된 그녀를 위해 침대 위 천정에 대형 거울이 설치되고 그녀는 거울을 바라보며 무수한 자화상을 그려낸다. 그녀의 상처는 육체적인 것에 그치지 않는다. 프리다 칼로와 결혼한 멕시코 최고의 화가 디에고 리베라의 화려한 여성 편력은 그녀의 자존심에 씻을 수 없는 상처를 입힌다. 프리다 칼로는 육체적으로 정신적으로 혹독한 고통을 당하면서 그것을 놀라운 예술혼으로 승화시킨다.

이 시에서는 이러한 프리다 칼로의 삶과 예술을 역동적인 탱고의 느낌으로 표현하고 있다. 전신마비 침대를 타고 달려가는 칼로의 이미지는 그녀의 삶을 압축해 보인다. 거의 평생을 전신마비 침대와 한몸을 이루어 지냈지만 그녀는 누구보다도 열정적이고 창조적인 삶을 살았기 때문이다. 장애의 고통을 딛고 첨단의 예술을 향해 질주한 그녀의 삶은 "침대는 나의 마차"라는 적확한 비유를 얻는다. 온갖 고통과 상처로 무수히 흔들리면서도 그녀는 결국 그것을 예술로 승화시킨다. 실제 그녀의 자화상에는 눈물로 얼룩진 얼굴이 많이 등장하지만 시인은 그것을 '웃음'으로 전치한다. '웃음'은 시인이 발견한 예술혼의 절정이기 때문이다. 김기창 화백의 바보 산수에서 고통과 환희의 카니발 같은 웃음의 대 폭주를 본 후 시인은 웃음의 힘을 긍정하게 된다. 이 웃음은 초월로서의 웃음이 아니라 헤게모니−권력(들)에 대한 검색과 전복으로서의 웃음이다.[54] 현실을 넘어서는 초현실의 세계를 그리고, 미국 화단의 한 복판에서 멕시코 미술의 가능성을 펼쳐보인 프리다 칼로의 예술적 성취는 전복의 에너지로 충만하다. 칼로는 삶의 눈물을 예술의 웃음으로 꽃피운 경이로운 여성 화가이다. 그녀는 여성에게 가해진 고난이 창조력으로 전환된 뚜렷한 예가 될 수 있다.

고통을 경험한 여성으로서, 창조 행위에 종사하는 예술가로서, 시인은 프리다 칼로에 대해 상당한 동류의식을 느낀다. "나는 프리다 칼로다"라는 선언에는 시인 자신의 음성이 혼재돼 있다. 온몸으로 자신의 운명에 맞서며 격렬하게 산화해간 여성예술가들에 대해 시인은 각별한 관심을 드러낸다. "자클린느 뒤프레 / 실비아 플라스 / 윤심덕 / 그리고 나, 혜석 / 프리다 칼로 / 앤 색스턴 / 전혜린 / 이연주 / 까미유 끌로델 / 최승희 / (사람들은 이상하게 나와 최승희를 / 혼동하곤 한다, 며칠 전 택배아저씨도, 최승희 씨 계시냐고, / 나, 승희, / 최, 혜석"(「혈연들」)의 명단 속에 자신 역시 포함되어 있다고 느낀다. "구름의 태에서 나왔다가, / 절정의 돌 위에 머리를 박고 굴러떨어져, / 물속까지 기어코 도달한, / 아름다운 난파"의 주인공들은 선구적 예술가이자 시대를 앞서간 여성들로서 자기 시대의 자장 밖으로 튕겨져 나갈 수밖에 없었다. 시인은 이 처절한 운명의 여인들에게서 혈연과 같은 끈끈한 동류의식을 느낀다.[55] 그녀들에게 현세의 지층은 지독한 고통을 준다. "인어가 물 밖으로 나와 걸어가는 것처럼 / 우리가 땅 위를 걸어갈 때 / 물 밖으로 나와 방울방울 피를 뿌리며 걸어가는 모든 해저의 것들에 대해 / 안에 있지 못하고 밖으로 쫓겨나올 수밖에 없었던 / 기막히게 아픈 심장 같은 것에 대하여 / 나는 노래하고 싶다"(「심장딴곳증(ectopia cordis)」)에서 심장딴곳증을 앓는 여자들처럼 자신을 둘러싼 테두리를 견디지 못하고 밖으로 뛰쳐나온 여성들의 고통에 시인은 무감하지 못하다. 그녀가 노래하고 싶은 것은 자신과 다를 바 없는 그 여성들의 "기막히게 아픈 심장"과 "어처구없이 아름다운 것들"에 대한 것이다. 안에 있지 않고 바깥으로 나온 것이기에 끔찍한 고통을 감수해야 하지만 또 그로 인해 처절한 아름다움을 발생시키는 여성들의 삶과 사랑을 그리고 싶은 것이다.

> 인디언 처녀가 뉴멕시코 어디쯤에 있는
> 원주민 보호 구역에서
> 들판을 보며 홀로 북을 치고 있다
>
> 그 북은 내 머릿가죽으로 만든 것이다
> 그 북소리는 나보고 들으라고 치는 것이다
> 그 북소리는 나더러 나오라고 치는 것이다
>
> 모카신을 신고 인디언 처녀는
> 들의 한가운데로 날아간다
> 바람을 타고 늑대가 온다
> 모래 상자가 엎질러지고

거기서부터 역사의 바깥이 시작된다

모개 상자 속에 묻혀 있던 빨간 심장이

혀를 빼물고 석류 한쪽이 깨어진 듯하다

—「〈다친 무릎〉에서 시작된 인생」 부분

　'바깥'의 힘에 의해 무참하게 희생되는 여성들의 고통에 대해
시인은 깊은 공감을 표명한다. 외부의 강제력으로 인한 고통은
모든 여성이 공유하는 문제이기 때문이다. '다친 무릎'이라는 이
름의 인디언 보호구역에서 시인은 도저히 부정할 수 없는 심리적
공감을 일으킨다. 강압적인 식민 지배의 최대 희생자인 인디언
처녀가 울리는 북소리에 자신의 전신이 반응하는 것을 느낀다.
자신 역시 새로운 보호 구역 안에서 다친 무릎으로 살아가고 있
다는 사실을 자각한다. 인디언 처녀의 북소리는 바람과 같은 자
유로운 영혼으로 충전되어 "역사의 바깥"으로 달려 나가고 싶은
강렬한 동경을 불러일으킨다.

　시인은 고통받는 여성들로부터 강한 연대의식과 자매애를 느
낀다. 여성들끼리의 이해와 협력은 여성의 현실을 변화시킬 수
있는 가장 근본적인 동력이 될 수 있다. 여성들이 힘을 모을 수
있는 동기는 남성 중심의 제도 속에서 모두가 같은 피해자라는
연대의식이다. 다른 여성에게 닥친 끔찍한 불운이 나와 무관한
것이 아니라는 공감이 여성들 간의 협력을 가능하게 한다. 일 분
일 초를 다투는 출근 시간에 멈추어 버린 앞차의 여자가 백합처

럼 굳은 얼굴로 코피를 줄줄 흘리고 있을 때 시인은 그녀에게서 바로 자기 자신의 모습을 본다. "그녀도 집에 닦지 못한 식기를 한아름 싱크대 위에 / 버려두고 도망치듯 나온 여자였을까, / 강의 준비를 못하여 발을 동동 구르며 / 아홉시 수업에 늦지 않게 당도하려고 / 미친 듯 페달을 밟던 여자였을까"(「사랑 11」)를 상상한다. 여성으로서, 직업인으로서, 며느리로서, 자식으로서 끝없는 요구에 지쳐서 "거기서 멈추어버린 어떤 피로, 어떤 갈망, / 미친 코다에 대한 그리움"을 목도한다. 세상의 모든 고통받는 여성에게서 자신의 고통을 발견하는 투명한 공감이 여성들끼리의 긴밀한 자매애를 낳는다.

> 오필리어, 나우지카, 키르케, 아프로디테,
>
> 다 역사상의 내 자매들,
>
> 파도 거품에서 태어났다는 것 그게 좋은 거야,
>
> 어서 거품으로 돌아가야 할 텐데 ……
>
> 어떤 물 밑 식물도 모두 향일성이라는 게 믿어지니?
>
> 그래도 가끔 하늘을 쳐다보려고 올라와,
>
> ─「수련」 부분

　김승희의 시에서 수련은 여성들의 고통스러운 삶에 대한 탁월한 상징으로 쓰인다. 수련의 생태를 빌어 시인은 물 밑에 살면서도 먹은 물을 토하려고 고개를 내밀어야 하는 이중의 고통을 표현한다. 어떤 물 밑 식물도 향일성의 생태를 지녔다는 것은 어떤 여성들도 물밑의 삶을 영위하면서 동시에 물 위를 향해 떠오르려 한다는 사실과 상통한다. 하늘을 향한 끝없는 꿈이 그녀들에게 부력으로 작용한다. 몸 전체가 부력을 이루는 거품으로 돌아가는 것이 물 먹는 일의 힘겨움에서 벗어나고 싶은 그녀들의 바람이다. 거품에서 태어나 거품으로 돌아간 '역사상의 자매들'을 운위하며 그녀들은 현실의 고통을 토로한다. 이런 고통을 견딜 수 있게 하는 것은 "그럼 다시 통화하자, 언제? 나중에!"하며 대화를 공유하는 여성들끼리의 연대적 관계일 것이다. 시인은 약자이며 고통 속에 놓여있는 여성들이 서로 소통하고 교감하며 형성하는 공감과 연대가 그녀들의 삶을 훨씬 견딜만한 것으로 한다는 인식에 도달한다. 그러한 공감의 영역은 한없이 넓어서 전세계의 상처받은 여성들과 모든 역사상의 자매들을 아우른다.

3) 산문적 리듬과 다성적 발화

김승희의 시는 대체로 산문적 형태를 하고 있다. 시의 내용에 어울리는 다양한 형태와 리듬을 시도하긴 하지만, 전형적인 서정시들이 보여주는 정제된 형태의 시들은 거의 없다. 김승희의 시는 절제를 중시하는 시의 고전적 기율과는 정반대로 발산의 형식을 특징으로 한다. 배제와 압축의 원리가 작동하는 고전적인 형식미의 시들과 달리 김승희의 시는 융합과 확산의 원리를 바탕으로 한다. 고전적인 시들이 선택과 집중이라는 남성적 특성을 보이는 것에 비해 김승희의 시는 포용하고 확산하는 여성적 성향을 드러낸다. 약자인 여성에 대한 시인의 관심과 옹호는 고귀한 것과 비천한 것, 중요한 것과 그렇지 않은 것에 대한 분별을 무화한다. 남성 중심의 제도 속에서 오랫동안 주목받지 못했던 여성의 삶과 목소리를 이끌어내기 위해 시인은 되도록 융합의 방식을 취한다. 여성들의 사연을 수렴하기 위해서는 산문적인 형태가 효과적이다. 산문적 서술은 또한 수다스러운 여성 특유의 어법과도 유사하다.

달력 위엔 달이 있고
달걀이 있고
남편 달걀이 태어난 한여름의 사자좌가 있고
시아버지 달걀이 돌아가신 날이 있고
아, 참, 축 결혼의 날도 있고
노란 국화 근조의 날도 있고
삼대봉사 조모님, 조부님, 증조모님, 증조부님
돌아가신 날들과 태어나신 날들까지도
임신중독증에 빠진 날들이 있고
산후우울증의 가위로 머리카락을 마구 잘랐던 날이 있고

—「여자의 시간」 부분

대부분 여성들의 삶이란 이 시에서 나열해놓고 있는 것과 같은 온갖 집안 행사와 주부로서의 의무들로 가득 차 있다. 잡다하기 그지없는 '여성의 시간'을 표현하기 위해서는 열거와 서술의 방식이 적합하다. 어느 것을 더할 수도 뺄 수도 없이 모든 세목들이 여성들의 삶 전체를 이루고 있기 때문이다. "새해 첫날부터 임대가 완료되어 있"을 정도로 여성들의 시간은 자신이 아닌 가족에 대한 봉사에 바쳐진다. 그것이 하찮은 일들이라 하여 배제한다면 여자들의 삶은 공백이 되어버릴 지경이다. 그러니 여성의 삶을 표현하는 적합한 방식은 배제의 방식이 아니라 포괄의 방식일 수밖에 없다.

산문적인 진술은 또한 꼬리에 꼬리를 물며 이어지는 여성들의 복잡한 내면의식을 표현하는 데 효과적이다. 내면의 상념들을 절제하지 않고 이어가는 방식은 의식 저변에 있는 깊숙한 진실들을 이끌어낸다. 산문적 서술로 자유로운 연상을 펼치는 가운데 내면의 소리가 자연스럽게 표출된다.

이제 중간 역이 집이 되었다 더 이상의 집을 꿈꾸지 않는다 잠시 차를 세우고 햄버거 하나 사 먹는 곳 이곳에 일인분의 고향을 세우고 광야를 향해서 잠잔다 늑대 한 마리 광야에서 나를 찾아 걸어나오고 구름이 호구 조사를 해보려는 듯 잠시 천막 위에 머문다 튀밥 튀기는 아저씨 뻥 하고 튀어나오는 하얀 방석 하얀 외침 거기가 나의 집이다 고향이다 바깥이다 아해와 시인과 천재들이 다 도시의 하수구에 처박혀

있는 서울에서 오랫동안 나는 바깥을 그리워했었다 서울은 하룻밤에
아해와 시인과 천재들을 999명씩 삼켜버린다 덜 아문 상처처럼 서울
이 몸안에서 아프다

—「중간 역」 부분

이 시의 산문적 형태는 환유적 연상을 따라 전개되는 시의 의
미를 효과적으로 드러낸다. '중간 역'과 '집'은 의미상 공통성이
적기 때문에 은유보다는 환유에 가깝다. 환유는 원관념과 보조
관념 사이에 의미적으로 공통부분이 없을 때, 실용적인 동기나
사회적 문맥에 근거하여 형성된다.[56] 이 시에서는 더 이상 집을
꿈꾸지 않고 중간 역을 집으로 삼게 되는 사정이 환유적 연상을
통해 그려진다. 중간역이 집이 되었다는 환유적 진술에 이어 인
접되는 연상이 이어진다. 중간 역이기 때문에 잠시 차를 세우고
햄버거를 사먹는 식으로 산다는 상상이 가능하다. 중간 역을 통
과해가는 정처 없는 생활이 광야의 삶으로 인식되고 광야의 이미
지는 다시 '늑대'나 '구름'의 이미지와 연결된다. '구름'이 '튀밥'으
로 '튀밥'이 '하얀 방석'과 '하얀 외침'의 이미지를 불러일으킨다.
이처럼 연접의 방식을 따라 전개되던 연상은 돌연 이접의 방식으
로 전환된다. "아해와 시인과 천재들이 다 도시의 하수구에 처박
혀 있는 서울에서 오랫동안 나는 바깥을 그리워했었다"는 진술
은 광야의 삶과 상반되는 삶을 표현한다. 아해와 시인과 천재들
이 압사당하는 서울에서의 삶이 광야의 삶을 꿈꾸게 하였음을 알

수 있다. 이어지는 진술들을 통해 자유로운 영혼을 압살하는 서울 생활의 상처가 '바깥'의 삶을 동경하게 한 것을 알 수 있다. 아울러 화자가 원하는 '바깥'의 삶이라는 것이, 앞선 연상의 방식처럼, 자유로움을 구가하는 것이라는 점도 확인할 수 있다. 시인은 이처럼 다소 엉뚱하게 이어지는 자유로운 서술을 통해 억압되지 않은 내면의 진실을 표출한다.

자유연상을 활용한 산문적 리듬은 명료한 의미를 전달하기보다는 혼돈 상태에서 드러나는 내면의 진실을 표현하는 데 적합하다. 억압 상태에서 드러나기 힘든 진실이 의식의 방임이 허용되는 한에서 표출될 수 있기 때문이다.

눈보라 속에는 손이 들어 있다 하얗게 나부끼며 다가오는 손 누가 추워하나 누가 아파하나 하얀 눈보라 속에는 따스한 손들이 들어 있다 눈보라 속에는 눈들이 들어 있다 환부를 읽으려고 다가오는 눈 누가 아파하나 누가 다쳤는가 하얀 눈보라 속에는 고요한 눈들이 들어 있다 눈보라 속에는 귀들이 들어 있다 하얗게 나부끼며 달려오는 귀 누가 울고 있나 누가 빌고 있나 눈보라 속에는 따스한 귀들이 들어 있다 천 개의 손과 천 개의 눈을 가진 천수천안관세음 숭숭 구멍 뚫린 가슴에서 하얀 눈보라 깃털 같은 붕대가 화안히 화안히 흩어져 나오는……

―「사랑 4―눈보라 속에는」 전문

반복적 어구들로 쓰인 이 시의 산문적 진술은 도취적인 리듬을 산출한다. 급박하게 이어지는 호흡 속에서 의식과 무의식, 현실과 환상의 경계가 사라진다. "눈보라 속에는 손이 들어 있다"와 같은 비현실적인 장면들이 빠른 호흡으로 이어지면서 환등기 같이 연속되는 환상적인 이미지들을 제공한다. 눈보라의 어지러운 움직임 속에 손이 나타나고 눈이 나타나고 귀가 나타나는 듯한 환상이 자연스럽게 연출된다. 그리하여 천수천안관세음 같은 형상이 그려지기까지 한다. 이 환상의 절정은 천수천암관세음의 숭숭 구멍 뚫린 가슴에서 깃털 같은 붕대가 흩어져 나오는 장면이다. '눈보라'와 '천수천암관세음'이 환유적 연상에 의해 결합하여 전혀 새로운 의미를 형성하게 된다. 차디찬 눈보라 속에서 따스하고 고요한 손길을 원하는 마음이 천수천안관세음의 형상을 떠올리게 된 것이다. 내면에서 솟아나는 듯한 소리의 자동적인 발산이 현실적으로 불가능한 것을 상상 가능하게 한다. 비슷한 어구의 반복과 열거는 도취적인 주술성을 부여한다. "눈이 내린다 우리의 도시 위에 눈이 내린다 아스피린, 아스피린 …… 하고 눈이 내린다 아달린, 아달린 …… 하고 눈이 내린다"(「아스피린 / 아달린, 펜트하우스」)의 도취적인 리듬 역시 비슷한 소리가 반복되면서 발생한다. "아스피린, 아달린, 아스피린, 아달린, 맑스, 말사스, 마도로스 …… / 그렇게 속삭이며 / 배꽃들이 피어나고 있다"(「배꽃을 위하여」)에서도 비슷한 소리의 반복은 몽환의 감각을 일으킨다. 의식 너머의 환상적인 세계를 표현하기 위해 시인은 종종 이러한 도취적인 리듬을 표출한다. 시인이 말하듯이 표출함으로써

한 편의 '시'는 '글자'로 정지된 채 청자에게 읽혀지는 것이 아니라 끝없이 산종하여 의미를 해체하고 또다시 거침없이 흘러 청자에게는 언제나 진행형으로 받아들여지게 하여 막혔던 여성의 언어가 풀리게 한다. 말하는 것처럼 글쓰기를 하는 것은 이야기와 경험이 유리되지 않아 '의식―현실'과 '무의식―악몽'을 동궤에 놓이게 함으로써 억압된 의식이 검열을 받지 않은 상태에서 자연스럽게 발산될 수 있게 한다.[57] 무의식적 흘러넘침으로 풍성한 여성적 언어와 리듬은 여성 특유의 '말하기'를 문학적으로 구현한 것으로 역동성과 내면성을 표출하는 데 유용하다.

김승희는 시에서 표층적 의미 이상으로 다양한 분위기와 새로운 의미를 창조하는 소리의 에너지에 관심이 많다. 의미에서 자유로운 소리가 때로는 변혁적인 에너지가 될 수 있다는 것을 안다. 이는 줄리아 크리스테바의 '코라'처럼 "아직 하나의 정돈된 '우주'로 통일되지 않은, 양분을 공급하는 모성적인 그 무엇"으로서 모순적이고 동화력이 있는 동시에 파괴적인 여성적 에너지이며 시적 언어의 근원으로서 주목된다.[58] 논리 정연한 언어가 포섭되어 있는 질서에서 벗어난 충동적이고 도취적인 언어는 폭발적인 창조나 전복의 힘을 내장하고 있다.

한 토끼는 넥타이를 풀어 팽개친다, 피가 흘러내린다,
동맥혈이다, 우리 도시에 세계를 주나 보다,
한 토끼는 교과서를 찢어서 뿌리고

한 토끼는 불이 담긴 꽃병을 처처에 던지고

예수와 석가와 마호메트와 전봉준과 강증산이 엉엉 울며

손을 잡고 춤추고

타임지를 찢어 머리 가리개를 만들고

한 토끼는, 또 한 토끼는, 또 한 토끼는……

펄 펄 뛰는 그 자체가 춤이 되는,

인디언 선 댄스 춤을 추고

지팡이를 흔들고 방울을 흔들고

산을 이룬 뼈들 위에 김이 무럭무럭 나는 붉은 심장들을

바쳐 놓고

부들부들 땀을 흘리며 주문을 외우고

— 「대시간(大時間)」 부분

　이 시는 토끼들이 벌이는 한바탕 난장을 그리고 있다. 나약하
고 위축된 삶의 상징인 토끼들이 모여서 "강도나 방화 사건보다
더 무서운 정치적 풍경"을 이룬 사태를 펼쳐 보인다. 여기 모인
토끼들은 넥타이를 풀어 팽개치고, 교과서를 찢어서 뿌리고, 화
염병을 던지고, 선 댄스를 춘다. 제도에 도전하고 해방을 구가한
다. 두서없는 진술이 어지럽게 이어진다. 격렬하고 반복적인 어
투가 이어진다. 논리적 연결이 아닌 분출하는 듯한 돌발적인 언
어들이 뒤섞인다. 선 댄스를 추고 방울을 흔들고 주문을 외우는
한바탕 굿판을 재현한 듯 역동적인 리듬이 넘친다. 한 세계가 전

복되고 다른 세계가 열리기 위한 혼란과 요동이 인다. '대시간'이란 현실의 시간 너머 새로이 열리는 전도된 시간을 의미하는 것이리라. 혁명의 열기처럼 강렬하고 격정적인 분위기가 넘쳐흐른다. 파괴적인 힘과 창조적인 힘이 혼용된다. 이런 역동적인 에너지를 표현하기 위해 시인은 의미 이상으로 소리 자체의 어울림과 부딪힘을 드러낸다.

산문적 리듬과 환유적 표현 외에 여성의 억압된 목소리를 끌어내기 위해 시인은 다성적 어조를 적극적으로 활용한다. 단일한 화자의 일관된 어조에 의존하는 전통적인 서정시에 비해 김승희의 시에는 다양한 화자와 다성적인 어조가 등장하는 경우가 많다. 이는 "서정이라는 이름의 진공(眞空)적인 초시간의 시학에서 '지금―여기―역사와 사회에 의해 불순해진 나'의 시간성과 공간성, 상황성을 복수적으로 표현할 수 있는 새로운 시문법의 발견이 정말 절실하다는 생각"[59]을 반영한다.

다양한 화자가 제각기 자기 목소리를 내는 시들은 어떠한 상황에 대한 여러 입장을 보여주어 객관적인 판단을 할 수 있도록 돕는다. 하나의 주도적인 목소리가 압도할 때와 다르게 다양한 입장의 제시가 가능하다. 가령 「사랑 10―비디오 신부 나탸샤」에서는 "푸슈킨의 시 백 편 정도는 암송할 수 있다는 여자 / 금발에 날씬한 스물여섯 살의 여자는 / 제법 좋은 영어 발음으로 말한다 / LA는 얼마나 아름다울까요 / 나는 따스한 산타모니카의 신부가 되고 싶어요" 하는 여자의 목소리와 "헨리는 비디오 테이프를 바꾸며 생각한다 / 저 여자는 너무 문학적이야, 러시아 여자들은 대개 문학적인가? / 다른 여자들을 봐야지"하는 남자의 목소리를 병치시켜 그들간의 입장차와 불평등한 관계를 객관적으로 보여준다. 산문적으로 구성된 극적인 장면과 대사들은 시의 의미를 보다 풍부하게 확산시킨다. 시인은 많은 무거운 생각들과 사연들을 시적으로 재현하기 위해 일방적, 주관적 진술과 다른 대화적 요소나 극적인 구성을 도입한다.

김승희의 시에 자주 나타나는 대화법은 소통에 대한 열망을 보여주며 호소력을 높인다. "이봐요, 난 당신과 다른 사람이야. / 다른 사람. / 같은 사람이 아니라고 해서 / 다 미치거나 자살할 필요는 없다고 봐요, 난. / 그러니 내 접시에 총을 겨누지 말고 저 멀리 떠나줘요. / 난 채식주의자란 말예요, / 채식주의자라고요. 네? 네? 네?" (「암암리의 붉은 말」)에서 화자는 방백과 같은 대사를 통해 차이가 인정되지 않는 상황에 대한 답답함을 강력하게 호소한다. 화자는 일방적으로 자신의 말을 늘어놓지만 자신의 입장을 이해해 달라는 간절한 열망을 담아 말한다. 끊임없이 상대방을 의식하고 반응을 유도하며 자신의 의사를 표명한다. 시에서 이러한 대화의 어법은 실감과 호소력을 더한다.

부재하는 사람을 대화로 끌어들이는 김승희 특유의 어법은 소통에 대한 강렬한 열망을 내포한다. "스물여섯, 암세포 하나 없는 젊은 몸, / 뇌혈관, 심혈관 그 어느 것 하나도 고장난 적이 없는데 / 네가 대체 죽음의 잉크와 무슨 상관이란 말이냐, / 어떻게 네가 내 마음의 불길한 심연을 들여다보았느냐"(「푸른색 4」)라는 물음은 예기치 못하게 죽음을 선택한 한 젊은이를 향하고 있다. 그 갑작스러운 죽음을 받아들이기 어려운 듯 화자는 죽은 이에게 자꾸만 그 연유를 묻는다. 받아들이기 힘든 죽음에 대한 안타까움이 절절하게 느껴진다.

　시인은 중심에서 벗어나 있는 약자들의 소리, 더 이상 말할 수 없는 죽은 자들의 소리, 억눌려 있는 여자들의 목소리를 살리기 위해 대화적 어법을 십분 활용한다. 대화의 공간에서는 누구나 평등하게 자신의 목소리를 낼 수 있다. 일방적으로 행해지는 화자의 목소리가 아니라 주체와 타자가 주고받는 대화를 통해 시인은 자신이 꿈꾸는 열린 세계에 다가간다. 이런 저런 목소리의 울림으로 홍성한 그녀의 시는 다성악적인 장쾌함을 펼친다. 시인이 그토록 희구하는 자유롭고 활달한 세계를 구현한 소리의 향연인 것이다.

제3장

김승희, 여성시의 진보

김승희는 왕성한 '현재 진행형'의 시인이기 때문에 그 시세계의 의미를 확연하게 규명하기 어렵다. 더구나 그녀는 끝없이 변화를 모색하는 시인이어서 앞으로도 어떤 새로운 면모를 보여줄지 알 수 없다. 그러나 지금까지 펼쳐온 궤적만으로도 우리 여성시사의 발전적 면모를 대표할 만하고 할 수 있다.

여성시인이 아직 많지 않았던 1970년대에 뚜렷한 개성을 보이며 등장한 김승희는 등단 초부터 주목을 받았다. 1970년대 여성시사에서부터 그녀의 이름이 거론되는 것은 그 때문이다. 정영자는 1970년대 여성시사를 거론하면서 "야성적이고 열정적인 시를 쓴 김승희는 1970년대의 새로운 시문학의 반란자요, 지극히 차가운 지성적 논리와 예리한 감수성으로 존재와 사회를 파괴하였으며, 데뷔 이래 아픔과 슬픔과 고통의 미학을 통하여 절망과 죽음 속에서 탈출과 부활을 꿈꾸는 시인이다"[60]라고 한다.

김승희 시의 개성이 더욱 확연해지고 여성의식이 강화되는 것은 1980년대 이후이다. 김용희는 1980년대 여성시사를 검토하는 자리에서 "초기 원시적 신화적 상상력에서 불꽃의 열정으로 타자화된 여성 삶을 폭로하며 세상을 비웃는 김승희"[61]를 주목한다.

사실 김승희의 시는 어느 한 시기를 중심으로 한정짓기 어려울 정도로 지속적인 변모를 보인다. 정효구가 김승희의 시를 1970~90년대의 여성시사에서 연속적으로 비중 있게 다루는 것도 그 때문이다. 1970년대의 시사에서는 고정희와 함께 전통적이며 소극적이고 보수적인 여성 시인과 전혀 다른 파격과 반란과 모험의 시인이라고 평가한다. 1980년대에는 긴장된 역사의식과 현실인식을 보이며, 또한 여성 해방의 내용을 의도적으로 담아내기 시작한 점을 거론한다. 1990년대에는 문제적인 시인의 지위를 차지하면서 대중적 호응도 얻은 것으로 파악한다.[62] 이에 덧붙이자면 2000년대 이후 김승희는 여성을 둘러싼 제국주의적 현실에 대한 보다 심도 있는 각성과 함께 여성들이 형성하는 공감의 연대를 긍정하며 여성의식의 확산을 꾀하고 있다.

김승희가 여성시사에서 이루어온 남다른 성과는 끝없는 부정과 모험을 감수할만한 드높은 이상과 강력한 도전 정신에서 기인한다. 1기시에서 다소 무모하게 표출되었던 태양의 절대화와 이상을 향한 열정은 이후 현실의 지평에서 행해지는 자유를 향한 치열한 투쟁의 에너지로 전환된다. 김승희의 여성의식은 자유를 향한 갈망을 구현하는 과정에서 점차 심화되어 왔다. 그녀의 여성의식은 자유가 구속당하는 여성의 폐쇄적 일상에 대한 자각에서 출발하여 그 근본적인 원인에 해당하는 제도에 대한 비판으로 확산된다. 초기시에서 보여주었던 이상을 향한 수직의 드높은 정신은 그 에너지의 열도를 유지한 채 수평적 삶에 대한 관심으로 향방을 바꾸어 지속된다. 열정의 강도와 지속성에 있어 김승희만큼 압도적인 경우는 보기 힘들다.

부정과 모험을 마다하지 않는 강한 열정으로 인해 김승희는 우리 여성시사가 '여성적' 단계에서 '여성주의적' 단계로 진입하는 데 중요한 역할을 한다. 김승희는 초기시부터 이전의 여성시가 보여주었던 우아하고 절제된 시와 다른 자유롭고 사변적인 시를 써서 깊은 인상을 남겼으며 이후 여성의식을 구체화하면서 더욱 새로운 여성시의 가능성을 열어놓게 된다. 여성시인으로서 그녀는 남성 중심의 지배적 권력에 저항하면서 주체적 시각을 확립하려 했다. 이 과정에는 여성으로서 경험한 일상과 제도의 억압에 대한 통렬한 자각이 자리하며, 자신을 비롯한 수많은 여성들의 삶과 꿈에 대한 성찰과 비전이 작용한다. 여성 삶에 대한 구체적 체험과 폭넓은 사유로 인해 김승희의 시는 개인의 기록을 넘어서 여성의 전체적 차원에 이르는 문제의식을 확보할 수 있었다.

김승희는 이상과 현실, 이성과 감성, 구체와 추상, 부분과 전체

등 여러 대립적 요소들을 통합하는 능력이 탁월한데, 의식과 미학의 결합에 있어서도 그러하다. 김승희의 시가 보여준 '여성주의적' 특성은 의식의 차원에만 국한되는 것이 아니다. 시인이 선취한 여성의식의 진보는 미학적 혁신에 의해 선연하게 표출된다. 김승희의 시가 보여주는 여성적 수사와 발화의 창조성은 우리 여성시의 질적인 전환에 기여한다. 은유, 리듬, 어조 등 가장 기본적인 시적 표현에 있어 시인은 새로운 표현의 가능성을 두루 시도한다. 시인은 여성 특유의 신체언어를 통해 여성 경험을 심화하고 여성적 은유와 상징을 개발하고 여성과 관련된 신화를 재해석하여 현대적 의미를 창조하는 등 여성 은유를 크게 확산한다. 개방적 리듬으로 의식의 자유를 추구한 점도 특징적이다. 김승희 특유의 산문적 리듬은 여성들의 수다한 사연을 융합하거나 변혁적 에너지를 표출하기에 적합한 형식이다. 그녀는 또한 다양한 부호를 통한 상징적 리듬과 반복·열거의 방식으로 내면의식을 가시화하는 등 리듬의 창조적 역량을 발현한다. 김승희 시에 나타나는 어조의 다양성은 여성 체험의 수용방식과 밀접한 관련이 있다. 자기 고백과 반성, 자의식이 풍부한 그녀의 시는 고백의 양식화로 여성적 삶을 진술하게 재현한다. 풍자와 냉소를 통해서는 억압적 삶에 대한 비판과 부정을 행한다. 또한 대화체 사용으로 공감을 표현하거나 다성적 발화와 극적 어조로 타인의 삶을 수용하는 방식은 여성 체험을 포괄하기 위한 적극적인 방법론에 해당한다. 김승희의 시에서 의식의 새로움은 표현의 새로움을 동반하여 획기적인 진전을 이룬다.

'자유'는 김승희 시에서 최고의 화두이다. 그녀의 시세계는 자유를 위한, 자유에 의한, 자유의 역정이었다고 해도 과언이 아니다. 타고난 예술가로서 그녀는 절대적인 자유의지를 지니고 있었다. 위대한 창조의 세계에 도달하기 위해 자유의 정신이 얼마나 필수적인 것인지를 선험적으로 감지하고 있었다. 그러나 이상과 현실의 괴리는 극심하다. 시인이 자신이 꿈꾸는 절대적인 자유와 현실의 아득한 거리를 실감하게 되는 것은 여성적 삶에 대한 자각과 긴밀하게 관련된다. 이상과 현실의 격차에 절망하여 허무주의로 빠져들지 않고 한발 한발 구체적인 실천을 도모해나간 과정이 김승희 시의 성과를 대변한다. 그녀의 여성의식은 가장 작고 개인적인 체험에서 출발하여 사회와 제도의 문제에 이르고 더 나아가 전 지구적, 역사적 차원으로 확장되어 왔다. 자유로운 의식과 혁신적인 표현이 자신을 포함한 여성 모두의 자유를 향한 끝없는 도전을 뒷받침해 왔다. 김승희는 여성에게 가해지는 구속을 자유로운 예술혼으로 극복해가면서 삶과 시의 일치를 치열하게 도모해온 여성시사의 뚜렷한 좌표이다.

주석

1 Elaine Showalter, "The Female Tradition", *A literature of Their Own*, Princeton, New Jersey : Princeton Univ. Press, 1977, pp.19~36.

2 김정란, 「한국 현대 여성시의 성취와 전망」, 『인문과학연구』 4호, 2001, 66쪽.

3 김현자 · 이은정, 「한국현대여성문학사—시」, 『한국시학연구』 5호, 2001, 72쪽.

4 김승희, 「상징 질서에 도전하는 여성시의 목소리, 그 전복의 전략들」, 『여성문학연구』 2호, 1999, 136쪽.

5 정효구, 「해방 후 50년의 한국 여성시」, 『시와시학』 17호, 1995.3, 89~91쪽.

6 정효구, 「말과 글 그리고 자부심을 획득한 1990년대 한국의 여성시」, 『시와시학』 34호, 1999.6, 118쪽.

7 Adrienne Rich, *Blood, Bread and Poetry: Selected Prose (1979~1980)*, New York : Norton, 1986, p.175.

8 김정란, 앞의 글, 80쪽.

9 이태동, 「예술의 집과 스물 여덟 번의 여름」, 『태양미사』, 고려원, 1979, 108~117쪽.

10 김열규, 「태양의 양수 속에 타오르는 동통의 신명」, 『왼손을 위한 협주곡』, 문학사상사, 1983, 151~158쪽.

11 오탁번, 「천재와 광기를 분별있게 소유한 시인」, 『미완성을 위한 연가』, 나남, 1987, 213~222쪽.

12 김성곤, 「시인 김승희와 〈달걀 속의 생〉」, 『달걀 속의 생』, 문학사상사, 1989, 221~232쪽.

13 김경수, 「시대에 던지는 화두—김승희 시집 『달걀 속의 생』」, 『현대시학』, 1989.7, 77~87쪽.

14 최동호, 「해체된 출구를 찾아가는 길」, 『어떻게 밖으로 나갈까』, 세계사, 1991, 123~134쪽.

15 정효구, 「늑대와 함께 달리는 여인」, 『세상에서 가장 무거운 싸움』, 세계사, 1995, 141~158쪽.

16 이경림, 「폭발하는 웃음, 그 힘으로 냅다 달리는 웃음, 웃음들」, 『학산문학』 31호, 2001 봄, 205~218쪽.

17 고현철, 「'다친 무릎'의 반(反)언술」, 『현대시』, 2001.5, 228~238쪽.

18 유성호, 「다성악으로 울리는 야성의 상상력」, 『냄비는 둥둥』, 창비, 2006, 162~178쪽.

19 구명숙, 「김승희 시에 나타난 여성 의식」, 『아세아여성연구』 36집, 1997.12, 33~56쪽.

20 김지선, 「한국 여성시에 나타난 여성성 연구—최승자, 김승희, 김혜순의 작품을 중심으로」, 한국교원대 석사논문, 2006, 49~67쪽.

21 김미정, 「김승희 시 연구」, 인제대 석사논문, 2006, 1~48쪽.

22 김은희, 「강은교, 김승희 시의 여성 신화적 이미지 연구」, 이화여대 석사논문, 2007, 54~118쪽.

23 이지원, 「김승희 시에 나타난 유목 의식」, 『개신어문연구』 23집, 2005.9, 289~328쪽.

24 이경호, 「고통 속에서 살아가는 쌍봉낙타—김승희론」, 『문학사상』 219호, 1991.1, 149~162쪽.

25 금동철, 「일상성의 감옥과 날개의 꿈—김승희론」, 『현대시』, 1995.6, 189~198쪽.

26 신범순, 「가벼운 존재의 감옥과 미로—김승희론」, 『작가세계』 11호, 1991.11, 266~277쪽.

27 이재복, 「시 혹의 위기의 미학화와 미학의 위기」, 『열린시학』 11권 4호, 2006.12, 51~69쪽.

28 이 책의 '문학적 생애'와 '연보' 부분은 필자의 요청에 따라 김승희 시인이 직접 작성한 서면 인터뷰(2011.7.5) 내용에 전적으로 의거한 것임을 밝힌다.

29 김승희 · 이연승, 「특별대담—김승희 시인을 찾아서」, 『열린시학』 11권 4호, 2006.12, 22쪽.

30 김승희, 『벼랑의 노래』, 동문선, 1984, 262쪽.

31 김승희, 『33세의 팡세』, 문학사상사, 1985, 339쪽.

32 바슐라르, 민희식 역, 『불의 정신분석 / 초의 불꽃 / 대지와 의지의 몽상』, 삼성출판사, 1986, 168~169쪽.

33 졸고, 「실비아 플라스의 시와 1980년대 한국 여성시 비교 연구」, 『여성문학연구』 23호, 2010, 255~257쪽.

34 이승은, 「한국문학 '읽기'에서의 '낭만주의' 재검토」, 『국제어문』 48집, 2010.4, 233쪽.

35 이태동, 앞의 글, 109쪽.

36 Elizabeth Gross, "The Body of Signification", *Abjection, Melancholia, and Love: The Work of Julia Kristeva*, London & New York: Routledge, 1990, pp.86~89.

37 김열규, 앞의 글, 157쪽.

38 정끝별, 「여성성의 발견과 '여성적 글쓰기'의 전략—90년대 이후의 한국 여성 시인들을 중심으로」, 『여성문학연구』 5호, 2001, 324쪽.

39 김승희, 「왼손의 광기에서 오른손의 슬픔으로」, 『미완성을 위한 연가』, 앞의 책, 9쪽.

40 위의 글, 9쪽.

41 위의 글, 10쪽.

42 김승희, 「부화를 꿈꾸는 우리들은」, 『달걀 속의 생』, 앞의 책, 11쪽.

43 신정현, 「로웰 (Robert Lowell)과 플라쓰 (Sylvia Plath)의 고백시—합리주의 문명과 예술에 대한 거세공포증」, 『현대영미시연구』 2호, 1997, 59쪽.

44 위의 글, 31~32쪽.

45 김승희, 「자서」, 『어떻게 밖으로 나갈까』, 앞의 책, 5쪽.

46 미셀 푸코, 오생근 역, 『감시와 처벌』, 나남출판, 2003, 310쪽.

47 변종민, 「존 업다이크의 『토끼는 부자이다』—실존의 허무」, 『새한영어영문학』 46권 1호, 2004, 55~56쪽.

48 정효구, 「늑대와 함께 달리는 여인」, 『세상에서 가장 무거운 싸움』, 앞의 책, 142쪽.

49 이봉지, 「엘렌 식수와 뤼스 이리가레에 있어서의 여성성과 여성적 글쓰기」, 『프랑스 문화연구』 6호, 2001, 46쪽.

50 오탁번, 앞의 글, 214~216쪽.

51 들뢰즈·가타리, 김재인 역, 『천개의 고원』, 새물결, 2001, 767쪽.

52 위의 책, 615쪽.

53 김승희, 「후기」, 『빗자루를 타고 달리는 웃음』, 앞의 책, 93~94쪽.

54 위의 글, 94~95쪽.

55 "사실상 문학적 하부 문화의 비밀스러운 자매애가 여성들을 묶어 주는 독특한 유대를 형성할 정도로, 그러한(남성 작가들에게서 볼 수 있는 창조성에 대한 불안과 다른, 작가가 되는 것 자체에 대한 여성들의 불안: 필자) 불안 자체가 하부 문화의 중대한 특징을 이룬다."(산드라 길버트·수전 구바, 박오복 역, 『다락방의 미친 여자』, 이후, 2009, 138쪽)는 말처럼 여성 작가와 예술가들에게는 사회적인 억압으로 인한 불안과 동지애가 자리잡고 있다.

56 위르겐 링크, 고규진 외 역, 『기호와 문학』, 민음사, 1994, 219~220쪽.

57 임명숙, 「'Gender'공간에서의 여성적 글쓰기 양상 모색」, 『돈암어문학』 14집, 2001.10, 83쪽.

58 줄리아 크리스테바, 김인환 역, 『시적 언어의 혁명』, 동문선, 2000, 27~28쪽.

59 김승희, 「순수·초월의 서정시와 불순·대항의 열린 시」, 『창작과비평』 114호, 2001.12, 110쪽.

60 정영자, 「1970년대 한국여성시문학사 연구」, 『한국문예비평연구』 17호, 2005, 193쪽.

61 김용희, 「근대 대중사회에서 여성시학의 현재적 진단과 전망」, 『대중서사연구』 10호, 2003, 236쪽.

62 정효구, 「해방 후 50년의 한국 여성시—한국 시사의 중심부로 향해 온 길」, 『시와시학』 17호, 1995.3, 90~95쪽.

참고문헌

고현철, 「'다친 무릎'의 반(反)언술」, 『현대시』, 2001.5.

구명숙, 「김승희 시에 나타난 여성 의식」, 『아세아여성연구』 36집, 1997.12.

금동철, 「일상성의 감옥과 날개의 꿈−김승희론」, 『현대시』, 1995.6.

김경수, 「시대에 던지는 화두−김승희 시집 『달걀 속의 생』」, 『현대시학』, 1989.7.

김미정, 「김승희 시 연구」, 인제대 석사논문, 2006.

김상미, 「시인을 찾아서−야수의 눈빛을 두려워하지 않는 불패의 웃음」, 『게릴라』 8호, 2001.3.

김성곤, 「시인 김승희와 '달걀 속의 생'」, 『달걀 속의 생』, 문학사상사, 1989.

김승희, 「상징 질서에 도전하는 여성시의 목소리, 그 전복의 전략들」, 『여성문학연구』 2호, 1999.

김승희, 「순수·초월의 서정시와 불순·대항의 열린 시」, 『창작과비평』 114호, 2001.12.

김승희·이연승, 「특별대담−김승희 시인을 찾아서」, 『열린시학』 11권 4호, 2006.12.

김열규, 「태양의 양수 속에 타오르는 동통의 신명」, 『왼손을 위한 협주곡』, 문학사상사, 1983.

김용희, 「근대 대중사회에서 여성시학의 현재적 진단과 전망」, 『대중서사연구』 10호, 2003.

김은희, 「강은교, 김승희 시의 여성 신화적 이미지 연구」, 이화여대 석사논문, 2007.

김정란, 「한국 현대 여성시의 성취와 전망」, 『인문과학연구』 4호, 2001.

김지선, 「한국 여성시에 나타난 여성성 연구−최승자, 김승희, 김혜순의 작품을 중심으로」, 한국교원대 석사논문, 2006.

김현자·이은정, 「한국현대여성문학사—시」, 『한국시학연구』 5호, 2001.

변종민, 「존 업다이크의 『토끼는 부자이다』—실존의 허무」, 『새한영어영문학』 46권 1호, 2004.

신범순, 「가벼운 존재의 감옥과 미로—김승희론」, 『작가세계』 11호, 1991.11.

신정현, 「로웰(Robert Lowell)과 플라쓰(Sylvia Plath)의 고백시—합리주의 문명과 예술에 대한 거세공포증」, 『현대영미시연구』 2호, 1997.

오탁번, 「천재와 광기를 분별있게 소유한 시인」, 『미완성을 위한 연가』, 나남, 1987.

유성호, 「다성악으로 울리는 야성의 상상력」, 『냄비는 둥둥』, 창비, 2006.

이경림, 「폭발하는 웃음, 그 힘으로 냅다 달리는 웃음, 웃음들」, 『학산문학』 31호, 2001 봄.

이경호, 「고통 속에서 살아가는 쌍봉낙타—김승희론」, 『문학사상』 219호, 1991.1.

이민호, 「김승희」, 『약전으로 읽는 문학사』 2, 소명출판, 2008.

이봉지, 「엘렌 식수와 뤼스 이리가레에 있어서의 여성성과 여성적 글쓰기」, 『프랑스 문화연구』 6호, 2001.

이승은, 「한국문학 '읽기'에서의 '낭만주의' 재검토」, 『국제어문』 48집, 2010.4.

이재복, 「시 혹의 위기의 미학화와 미학의 위기」, 『열린시학』 11권 4호, 2006.12.

이지원, 「김승희 시에 나타난 유목 의식」, 『개신어문연구』 23집, 2005.9.

이태동, 「예술의 집과 스물 여덟 번의 여름」, 『태양미사』, 고려원, 1979.

이혜원, 「실비아 플라스의 시와 1980년대 한국 여성시 비교 연구」, 『여성문학연구』 23호, 2010.

임명숙, 「'Gender' 공간에서의 여성적 글쓰기 양상 모색」, 『돈암어문학』 14집, 2001.10.

정끝별, 「여성성의 발견과 '여성적 글쓰기'의 전략—90년대 이후의 한국 여성 시인들을 중심으로」, 『여성문학연구』 5호, 2001.

정영자, 「1970년대 한국여성시문학사 연구」, 『한국문예비평연구』 17호, 2005.

정효구, 「늑대와 함께 달리는 여인」, 『세상에서 가장 무거운 싸움』, 세계사, 1995.

정효구, 「해방 후 50년의 한국 여성시 — 한국 시사의 중심부로 향해 온 길」, 『시와 시학』 17호, 1995.3.

정효구, 「말과 글 그리고 자부심을 획득한 1990년대 한국의 여성시」, 『시와시학』 34호, 1999.6.

최동호, 「해체된 출구를 찾아가는 길」, 『어떻게 밖으로 나갈까』, 세계사, 1991.

들뢰즈·가타리, 김재인 역, 『천개의 고원』, 새물결, 2001.

바슐라르, 민희식 역, 『불의 정신분석 / 초의 불꽃 / 대지와 의지의 몽상』, 삼성출판사, 1986.

산드라 길버트·수전 구바, 박오복 역, 『다락방의 미친 여자』, 이후, 2009.

위르겐 링크, 고규진 외 역, 『기호와 문학』, 민음사, 1994.

줄리아 크리스테바, 김인환 역, 『시적 언어의 혁명』, 동문선, 2000.

Adrienne Rich, *Blood, Bread and Poetry: Selected Prose (1979~1980)*, New York: Norton, 1986.

Elaine Showalter, "The Female Tradition", *A literature of Their Own*, Princeton, New Jersey: Princeton Univ. Press, 1977.

Elizabeth Gross, "The Body of Signification", *Abjection, Melancholia, and Love: The Work of Julia Kristeva*, London & New York: Routledge, 1990.

작가 연보

1952년 3월 1일 전라남도 광주에서 김인곤과 정경미의 5남매 중 장녀로 출생.

1958년 광주 서석초등학교 입학.

1964년 전남여자 중학교 입학.

1967년 숙명여자 고등학교 입학.

1970년 서강대학교 영문학과 입학.

1973년 『경향신문』 신춘문예 시 부분에 당선하여 등단. 그 해 신춘문예로 등단 한 시인, 작가들의 모임인 '1973'에 참가.

1975년 『문학사상』 편집부 입사.

1977년 10월 24일 박홍태와 결혼.

1979년 서강대 대학원 국문학과 입학.

1979년 첫 시집 『태양미사』(고려원) 출간.

1981년 서강대학교 국어국문학과 대학원에서 「이상의 시세계에 나타난 거울의 상징과 구조」로 석사학위 취득.

1982년 10월 22일 딸 해인(海仁) 출생.

1982년 이상 시 선집과 평전 『제13의 아해도 위독하오』(문학세계사) 출간.

1983년 시집 『왼손을 위한 협주곡』(문학사상사) 출간.

1983년 서강대학교 국어국문학과 강사를 시작하여 1995년 8월까지 계속함.

1985년 자전적 에세이집 『33세의 팡세』(문학사상사) 출간.

1987년 시집 『미완성을 위한 연가』(나남출판사) 출간.

1987년 10월 2일 아들 박우인(宇仁), 아명 : 왕인(旺仁) 출생.

1989년 시집 『달걀 속의 생』(문학사상사) 출간.

1991년 시집 『어떻게 밖으로 나갈까』(세계사) 출간.

1991년 제5회 '소월시문학상' 수상.

1992년 8월 서강대학교 대학원 졸업. 박사 학위 논문으로 「이상 시 연구―기호
　　적 코라의 의미작용」이 있음.
1993년 9월부터 12월 미국 아이오와 대학 주최 '세계 작가 프로그램(International
　　Writing Program)'에 참가.
1994년 『동아일보』 신춘문예 소설 부문에 당선.
1995년 시집 『세상에서 가장 무거운 싸움』(세계사) 출간.
1995년 8월에 도미(渡美)하여 1997년 12월까지 미국 캘리포니아대 버클리 캠퍼
　　스에 체류. 객원부교수로 한국 현대시, 한국의 명문(名文) 등을 가르침.
1997년 첫 소설집 『산타페로 가는 사람』(창비사) 출간.
1998년 1월부터 1999년 1월까지 미국 어바인 캘리포니아대학교 한국학과 전임
　　강사를 지냄.
1999년 『한국문학의 현대적 해석 14―이상(李箱)』(서강대 출판부)을 공저로
　　출간.
1999년 3월 서강대학교 문학부 국어국문학과 교수로 부임.
2000년 시집 『빗자루를 타고 달리는 웃음』(민음사) 출간.
2000년 『김수영 다시 읽기』(프레스21) 편저 출간.
2001년 『현대시 텍스트 읽기―구조주의에서 탈식민주의까지』(태학사) 출간.
2001년 한국 페미니스트 여성시 선집인 편저 『남자들은 모른다』(마음산책)
　　출간.
2003년 『조선일보』에 김점선 화백의 그림과 함께 산문 『여성 이야기』 연재.
2003년 제2회 '고정희 상' 수상.
2006년 시집 『냄비는 둥둥』(창비사) 출간.
2006년 12월 '올해의 예술상' 수상.
2007년 『조선일보』에 연재했던 산문들을 모아 『그래도라는 섬이 있다』(마음산
　　책) 출간.
2008년 『코라 기호학과 한국시』(서강대학교 출판부) 출간.
2011년 미국 코넬대학에서 출간되는 아시아 시리즈로 시집 *Walking on a Washing
　　Line* 출간. Br. Anthony Teague의 번역.

작품 목록

시집

『태양미사』, 고려원, 1979.

『왼손을 위한 협주곡』, 문학사상사, 1981.

『미완성을 위한 연가』, 나남, 1987.

『달걀 속의 생』, 문학사상사, 1989.

『어떻게 밖으로 나갈까』, 세계사, 1991.

『세상에서 가장 무거운 싸움』, 세계사, 1995.

『빗자루를 타고 달리는 웃음』, 민음사, 2000.

『냄비는 둥둥』, 창작과비평사, 2006.

시선집

『누가 나의 슬픔을 놀아주랴』, 미래사, 1991.

영역시집

『달걀 속의 생—Life within an Egg』, 김경년 역, 답게, 2004.

Walking on a Washing Line, Trans. by Brother ANTHONY of Taize, Cornell Univ East
  Asia, 2011.

소설집

『산타페로 가는 사람』, 창비, 1997.

『왼쪽 날개가 약간 무거운 새』, 열림원, 1999.

동화

『바리공주』, 비룡소, 2006.

산문집

『고독을 가리키는 시계바늘』, 고려원, 1980.
『영혼은 외로운 소금밭』, 문학사상사, 1980.
『33세의 팡세』, 문학사상사, 1985.
『단 한번의 노래 단 한번의 사랑』, 작가정신, 1988.
『바람아 멈춰라 내리고 싶다』, 자유문학, 1989.
『키 큰 사랑으로 살고 싶다』, 문학세계사, 1991.
『안개주의보가 있는 인생이 아름답다』, 동서문학사, 1992.
『사랑이라는 이름의 수선공』, 한양출판, 1993.
『너를 만나고 싶다』, 웅진씽크빅, 2000.
『김승희 윤석남의 여성이야기』, 마음산책, 2003.
『그래도라는 섬이 있다』, 마음산책, 2004.

연구서

『13인의 아해도 위독하오—이상 평전』문학세계사, 1982.
『한국문학의 현대적 해석 2—김소월』(공저), 서강대 출판부, 1995.
『한국문학 50년』(공저), 문학사상사, 1995.
『김안서 연구』(공저), 새문사, 1996.
『한국문학의 현대적 해석 13—윤동주』(공저), 서강대 출판부, 1997.
『이상시 연구』, 보고사, 1998.
『한국문학의 현대적 해석 14—이상』(공저), 서강대 출판부, 1999.
『현대시 텍스트 읽기—구조주의에서 탈식민주의까지』, 태학사, 2001.
『현대시 교육 연구』, 서강대 교육대학원, 2001.

편저

『남자들은 모른다(여성·여성성·여성문학)』, 마음산책, 2001.

『김수영 다시 읽기』, 프레스21, 2000.

번역서

T.S. 엘리어트, 『캣츠』, 문학세계사, 2008.